L'EMPREINTE
DES CHOSES CASSÉES

DU MÊME AUTEUR

À MON SEUL DÉSIR, Buchet-Chastel, 1965.

DES ROSES PLEIN LES BRAS, Buchet-Chastel, 1966.

UNE FILLE COUSUE DE FIL BLANC, 1970. Grasset, « Les Cahiers Rouges », 2008.

JÉRÉMIE LA NUIT, Buchet-Chastel, 1976.

LA VIE N'EST PAS UN ROMAN, Grasset, 1978.

LE CŒUR EN QUATRE, Grasset, 1981.

ET SI ON PARLAIT D'AMOUR, Seuil, 1986.

L'HOMME DE PEINE, Grasset, 1989.

LES HEURES DANGEREUSES, Grasset, 1992.

LA GROSSE ET LA MAIGRE, en collaboration avec Christiane Collange, Albin Michel, 1995.

LA NUIT DERNIÈRE QUAND J'ÉTAIS JEUNE, Albin Michel, 1995.

TRAHISONS SINCÈRES, L'Olivier, 1997.

L'HONNEUR DU CHÔMEUR, Denoël, 1998.

CLAIRE GALLOIS

L'EMPREINTE
DES CHOSES CASSÉES

roman

BERNARD GRASSET
PARIS

ISBN : 978-2-246-74411-5

À Zachary de Guillebon

« Si tu veux me retrouver,
Cherche-moi sous tes pas. »

WALT WHITMAN

Mesdames, Messieurs... le protocole demande que ce discours en séance publique commence par un hommage au dernier mort en date, et l'usage voudrait que j'ajoute : « dont j'ai scrupule à occuper la place ». Comme si, au cimetière, chacun n'ignorait pas son voisin, fût-il encore à clopiner loin de l'ambulance ou siégeant parmi vous. Cela pose une question, sur votre Compagnie, à laquelle l'un de mes écrivains favoris, Nabokov, apporte un élément de réponse. Il raconte qu'un ethnologue avait entrepris d'enseigner le maniement du pinceau à un singe : celui-ci ne fit que dessiner à l'infini les barreaux de sa cage. D'un défunt l'autre, chez vous, le portrait revient à l'identique, dessiné à grands traits, comme à la mine dure, selon le consensus en trompe-l'œil de l'éloge funèbre. A vos yeux, un membre qui vient à trépasser représente obligatoirement une grande perte. Aux miens (à part nos amours proches), ce sont seulement les disparitions d'êtres jeunes qui valent tous les regrets. L'avenir s'ouvrait à eux, le vôtre est périmé. Il ne laisse que vestiges. A vous encenser décédés sur le tard, on bafoue la nature. Je n'ai jamais compris pourquoi l'on est mieux apprécié mort que vif. Je ne vous parlerai donc d'aucun disparu de vos rangs, nous les laisserons en paix, leur ego ne peut plus frétiller. En revanche, la personne qui me remplacera un jour en ce lieu peut me remercier à l'avance : je m'apprête à lui économiser de beaucoup la longueur de l'éloge.

Vous avez lanterné pendant trois siècles et demi avant d'élire une femme. Et elle avait 76 ans. Le pli était pris. En y réfléchissant, on peut comprendre. Plus on avance en âge et plus le lit devient un endroit très dangereux – n'est-il pas celui où l'on meurt le plus ? Je me permets de vous en parler parce que j'en sors. Ou bien, c'est lui qui me sort.

J'ai toujours apprécié de dormir seule et ces temps-ci, je suis comblée. Les passagers s'y raréfient. D'une part, ils sont très peu nombreux à postuler une place sur l'oreiller, d'autre part, c'est moi qui les regarde de plus en plus d'un œil froid. On dirait que ces dernières années ont recouvert mes draps – comme les vôtres sans doute – de consolations tièdes et sans relief. Les bonheurs fondateurs, les instants immortels, sauf l'ultime, celui du trépas, n'appartiennent plus au futur qui nous reste. Privilégier le silence et l'oubli détruit peu à peu le désir. Pourquoi pas ? De toute façon, arrêter de faire l'amour, c'est comme arrêter de fumer : ce sont les débuts qui sont durs.

Les bons jours, le lit est un radeau, un abri contre les vieux doutes à l'égard de soi-même et la solitude, un sentiment temporaire, loin des anciennes terreurs, de notre confusion intérieure, de notre incapacité à comprendre ce qui nous arrive. Elle accueille nos pensées errantes et les nourrit d'une joie réelle, celle, pour le moins, de n'embêter personne, de n'être coupable de rien, de n'avoir pas de comptes à rendre. Sans vouloir démêler les raisons de votre générosite à mon endroit, j'aime à croire que mes nouvelles dispositions à l'abstinence n'y sont pas étrangères. Les femmes que vous consentez à accueillir sous la Coupole sont choisies sous une première condition tacite : elles se doivent d'appartenir à votre génération, à savoir ne pas afficher leur sexe davantage que les anges. Le vôtre est le plus souvent tapi, tout petit, tranquille sous la brioche, les mots d'esprit, les gros cigares. Avec l'âge, le cerveau devient l'organe sexuel dominant, le reste tombe en sommeil, c'est sans doute bénéfique – on dit bien d'un homme à qui on coupe la jambe qu'il n'a plus envie de courir. Encore que l'on appelle aussi «membre fantôme» celui qui a subi l'amputation mais dont le corps ne perd pas la mémoire... Pourquoi faut-il toujours éluder le sujet ? D'une façon implicite, il régit chaque entrée parmi vous. Une sélection naturelle, en somme, qui devrait entraîner une forme de sagesse. Non pas celle de Bouddha, qui a coupé tout lien charnel avec ce bas monde à l'âge de 28 ans, il ne faut quand même pas exagérer. Ni celle décrite par Vigny, amoureux du mélodrame, qui en parle comme d'un désespoir paisible. Votre dictionnaire, dont les définitions obéissent à la plus grande prudence, selon votre voie respectée et choisie, la range au septième rang par ordre d'importance dans « l'absence de hardiesse ». On en revient aux convenances... Parmi vous, deux personnes me paraissent suivre vos pas avec succès ; en mon for intérieur, je les ai baptisées Boîte Noire et Jonquille, je ne sais trop pourquoi. Jonquille, peut-être parce qu'elle est entièrement plaquée or, cheveux jaune métallique, énorme broche en chrysocal comme un dahlia piqué sur son épaule, bague scintillante en bouchon de carafe. Je ne peux vous promettre de me ranger vite fait sous leur bannière, tout effort comporte ses limites. Elles paradent, depuis leur élection, d'une façon on ne peut plus mondaine, avec leur parler au débit recherché (ce sont des érudites), leurs tailleurs noirs dégriffés et leurs gros bijoux faux. Elles m'ont toujours paru vieilles et effrayantes mais elles n'avaient sans doute pas plus de 40 ans quand je les ai connues – j'étais une néophyte encore pleine de ferveur devant votre aura. Ce que je regrette peut-être le plus des années d'autrefois : la merveilleuse ignorance des faiblesses du prestige.

Déjà, il n'y avait plus trace d'hommes dans leur vie, excepté les deux ou trois vieux beaux décorés, qui peuvent toujours servir à entrer ou sortir lors des grandes réceptions, et les esthètes sur le retour, ceux qui offrent des fleurs aux vieilles peaux et qu'elles invitent à l'Opéra.

Elles montrent cependant une forme d'héroïsme, ou d'optimisme voué à l'échec, à se jeter dans un taxi comme elles le font presque chaque soir, toutes dents dehors, enduites d'une couche de fond de teint pareil à un crépi sur un mur fissuré, exhalant une haleine de crypte ou de cave, mêlée d'effluves de parfum aux noms provocants, *Poison* ou *Egoïste*, d'une vague odeur de teinturerie, et les relents, je le crains, d'une parcimonie envers les produits pour le bain ou la douche. Boîte Noire, qui avance, martiale en toutes circonstances, sous d'impressionnants chapeaux de picador et des rivières de perles, porte toujours des traces douteuses au col et aux poignets. Ma petite vendeuse en parfumerie m'a remis un test de santé-beauté à remplir pour gagner un lot entier de crèmes antirides. La dernière question était : « Combien vous reste-t-il de dents naturelles ? » C'est cela qui me fait penser à mes nouvelles collègues parce que leurs dents, comme leur âge ou leur ancien mariage, c'est mystère total mais premier choix.

Dans la mythologie commune, il n'y a pas trace d'anges défraîchis. Vous ne condescendez à nous accueillir que sous prétexte d'illustration de votre ouverture d'esprit. Je peux me tromper. Quelques jours auparavant, je me suis entretenue de cette incertitude avec l'un de vos membres éminents (pléonasme). Je le désignerai par sa fonction ancienne, Ambassadeur, pour ne gêner personne. Plus d'un, parmi vous, a occupé ce poste dans un lointain passé. C'était entre deux portes, celle des toilettes et celle du bar, au Zebra Square, un café face aux grandes tours du bord de Seine que l'Ambassadeur affectionne pour sa clientèle ultra-chic, sa vaisselle toujours froide et ses portions congrues. Il pense adhérer ainsi à la Modernité. L'Ambassadeur revendique une quarteronne origine bantou, une jeunesse militante marxiste et une maxime récurrente : « Oublions le passé sanglant, vivons et tâchons de nous comprendre les uns les autres. » Il ne m'a, sur l'instant, répondu que par deux ou trois discrets raclements de gorge, dont l'un, très guilleret, le menton rentré dans son écharpe rouge. Hors vos murs, l'Ambassadeur croit noyer son grand pif conquérant en s'enroulant de cache-cols encombrants, d'un ton vif. Le lendemain, il m'a envoyé un mot par son chauffeur – depuis qu'il a un faible pour moi, l'Ambassadeur est prudent, il évite le cachet de la poste et il date les lettres qu'il me destine selon le calendrier révolutionnaire, nous étions donc, pour lui, le 12 Brumaire. A sa décharge, il faut mentionner qu'il a, autrefois, rempli un rôle honorable au pays de son quart d'ancêtres, puis dans les institutions internationales et qu'il reste un acteur de la francophonie. Il joue aussi au bon mari, qui court un peu mais ne trompe pas sa femme. (C'est de votre âge, non ?) Il m'a donc écrit : «Rassurez-vous, chère amie, vous ne m'avez pas froissé. Ne croyez pas que je sois chatouilleux sur notre rôle. J'aurais plutôt tendance à n'en pas parler. Comme il fallait s'y attendre, notre Institution commet des erreurs dans ses choix et beaucoup d'entre nous ne veulent pas l'avouer, alors que notre autocritique serait la meilleure contribution à la remise en cause du rythme nonchalant dans lequel nous nous enlisons. Vos petites insolences m'amusent. Elles augmentent encore l'admiration que je vous porte. Et vous savez bien que les hommes, même quand ils jouent les modestes et affichent des attitudes de détachement à l'égard des péchés magiques, feraient l'impossible pour sentir le désir dans le regard des femmes, dût-on en rester là et nourrir de délicieux fantasmes. Indiquez-moi, amie de plus en plus chère, un jour de la semaine où nous pourrions passer un moment devant un verre.»

Comme quoi je ne dois pas apparaître aussi défraîchie que je le pense et le constate moi-même, de jour en jour, et tout comme vous. Qui d'entre nous, ici, oserait contredire son miroir, même à s'y contempler sans lunettes, vision floue, indulgente…

Je ne peux pas dire que je n'ai plus d'amants, il y en a un qui traîne autour de moi, il s'appelle Karl et son patronyme est celui d'une agence internationale d'information, ce qui me fit aussitôt lui attribuer un bon point : cet homme-là, au moins, ne dirait pas n'importe quoi. C'était négliger que, non seulement il y a des chromosomes qui se perdent, mais que l'homonymie court les rues. Karl a toujours l'air d'attendre, avec une patience sans limite, que je sois impressionnée par lui. J'ai essayé. Si j'avais souhaité me remarier, Karl est une perfection du genre conjugal. Ses sous-vêtements sont propres et usés, preuve qu'il en prend soin. Il laisse autrui tranquille. Il est très occupé. Chaque matin, au saut du lit, vers midi, il passe déjà une heure où deux au téléphone avec qui veut bien ne pas raccrocher trop vite, moi comprise.

La plupart de ses amis n'exercent pas de profession très définie, ni très lucrative... Ophélie (c'est elle qui me l'a présenté), la cinquantaine verrouillée pour dix ans, la crinière belliqueuse passée au henné, est une ex-pensionnaire du Palais Garnier, reconvertie cent pour cent Brasil dans un cours de danse troisième âge. Ernest, discret piercing dans la narine, se dit webmaster d'une galerie de peinture virtuelle et Orlando, qui fait de la musculation, a inscrit sur sa carte de visite « compositeur », sans se vanter que son relevé d'écoute à la Sacem soit au plus bas. Ces trois-là forment le cercle rapproché de Karl, ils débarquent chez lui à pas d'heure, munis de couscous moughrabieh et d'arak Ghantous – le traiteur libanais, au rez-de-chaussée, est ouvert toute la nuit. Nous sommes loin de vos buffets élégants, brochettes sucrées ou salées, canapés au caviar, cassolettes, petits fours frais, verrines... Devise sous-jacente pour palais raffinés : « Ici, on mange pour vous » (Coluche).

J'apparais assez peu lors de leurs soirées prolongées où la télévision est toujours allumée sans le son, dans le but louable de ne pas casser l'ambiance. Ils passent des heures à déplorer que le monde entier soit devenu une décharge.

Vous avez eu la bonté de ne pas me tenir rigueur d'esquiver les visites. Elles ne sont pas obligatoires mais la démarche est considérée de bon aloi. Mon soutien principal, l'Ambassadeur, un as du chuchotement à bon escient, a su sauver les apparences, alléguant que j'étais, pour un temps, retenue par une mission confidentielle aux Droits de l'Homme, ce qui n'était pas faux, si on met dans le même sac mes problèmes personnels avec Allah, une équation dont je n'ai pas encore trouvé la valeur inconnue qui pourrait la résoudre. Vous avez déjà su accueillir une Maghrébine et un Chinois, vous les avez choisis convenablement agnostiques, je salue votre perspicacité. J'ignorais qu'une religion puisse être la source de douleurs, de chagrin quand elle happe celui ou celle qui la pratique dans un curieux jeu de rôle où l'autre ne peut comprendre les modes d'ajustements, d'approximations historiques…

Et pour que ma cause vous soit clairement entendue, j'avouerai aussi que ce n'est pas moi qui ai écrit les trente-neuf lettres pour solliciter de votre haute bienveillance l'examen de ma candidature, c'est lui. L'Ambassadeur. Et il a imité ma signature.

Vous convenez volontiers entre vous, certes, sur le ton de la plaisanterie, que l'échec ne rebute pas les plus grands, cela pour conforter la persévérance de ceux qui, à chacune de vos funérailles intra muros, réitèrent le vœu d'obtenir vos suffrages. Certains ont dû attendre que s'empilent sept cercueils avant de se hisser au fauteuil. J'aurais préféré remplir une grille de loto que cocher vos noms pour ce morbide tirage au sort. Je réclame votre indulgence, encore quelques minutes, pour la désillusion supplémentaire que je vous cause ainsi. Hélas, ce ne sera pas la dernière. Cette supercherie de potache est partie d'un bon sentiment. Entre l'Ambassadeur et moi s'est peu à peu tissé le fil ténu d'une solitude commune, bien qu'il n'y ait jamais été fait allusion. Je devine qu'il a lui aussi traversé ces longs jours où tout demeure à la surface, où les choses ne sont pas dites, les mots qui comptent ne sont pas prononcés, les gestes seulement esquissés dans l'ambiguïté. Ces périodes où l'on demeure étranger à soi-même entre ses propres murs. Il m'a présenté votre confrérie comme un lieu où je pourrais revendiquer une appartenance. Pour moi qui n'en ai jamais eue, cette perspective avait tout l'air d'une dernière chance. Parmi vous, dans le murmure incertain d'une abnégation obligée (tout ce à quoi l'âge vous oblige à renoncer), j'apprendrai à faire taire les exigences du corps, j'élèverai mon esprit – enfin, on peut rêver... Richelieu, m'a-t-il dit, a établi le caractère officiel d'une Compagnie de lettres «pour traduire et propager les soucis que nous partageons». Je vous livre donc quelques bribes de ma vie, sans hauteur ni bassesse, pour m'affranchir de votre conformisme qui tendrait à faire de moi la femme que je ne suis pas. L'honnêteté devrait exiger du récipiendaire la dénonciation de ses appuis personnels, fût-ce à l'encontre de son avantage. Et même si la confidence est toujours asociale, elle offre l'opportunité de représenter une forme de dépendance à une société, un parcours, une culture.

Rejoindre vos rangs représente l'assurance d'être préservé d'un désengagement, celui qui traduit une perte de pouvoir, de moyens, d'argent. Les amis de Karl sont comme ça. J'ai une petite affection pour eux car ils sont le signe visible que certaines personnes m'aiment bien et trouvent plaisir à ma compagnie. Depuis que – dans un passé inexorable qui remonte à l'enfance – ma mère m'a demandé : «Pourquoi n'es-tu pas morte à la place de ta sœur?», j'ai toujours eu un doute...

Chaque premier dimanche de juillet, même si la date ne m'a pas frappée la veille, sur le calendrier, un souvenir subit éclate dans ma mémoire et me réveille en sursaut. Un chemin de campagne, comme il en existe mille autres, entre des champs de blé parsemés de coquelicots. Une petite fille fluette, pas encore assez grande pour s'asseoir sur la selle de sa bicyclette, en robe de vichy bleu, qui se déhanche à perdre haleine et force sur ses maigres mollets (je n'ai que 10 ans). Elle est en train de se laisser distancer, malgré ses efforts, par une jeune fille en robe de vichy rose qui oscille à grands coups de pédales sur son vélo rouge. Ses cheveux dansent, elle a lâché le guidon et croisé les mains derrière sa nuque, elle siffle à tue-tête «comme un charretier» – expression de ma mère. Elle lève sans cesse son petit nez au soleil pour suivre le vol des alouettes qui plongent comme jets de pierres. Ce qui l'a sans doute distraite et empêchée d'entendre le teuf-teuf poussif d'une bétaillère à cochons qui débouche au tournant. L'idée qu'ils aient pu, l'un et l'autre, croiser leur chemin sans encombre ne s'est pas vérifiée. Ils ont tenté de s'éviter, comme deux passants zigzaguent sur un trottoir et finissent par se heurter. Le choc l'a soulevée dans un envol raté. En retombant sur le bord du talus, elle a eu la nuque brisée. Sans que le temps écoulé ait estompé un seul détail, je revois son petit visage intact, regard aussitôt perdu qui se ternit et devient bleu, couleur de crépuscule, tandis qu'une flaque sombre s'étale sur le goudron, déborde la gerbe défaite de ses longs cheveux blonds et que le ciel flambe, soudain immobile au-dessus du vélo renversé dont une roue continue de tourner dans le vide.

Le conducteur de la bétaillère n'en est pas descendu, il reste affalé sur son volant, il le frappe de son front à petits coups réguliers, puis il masse son crâne tout rouge, s'étale sur la figure sa morve et ses larmes et grommelle sans fin «combien ça va me coûter, bordel de Dieu».

Et voilà ma mère, amenée par les gendarmes, toujours élégante dans sa robe de mousseline noire et blanche avec petit volant à l'ourlet, pas encore décoiffée, les cheveux crantés, ondulés en deux accroche-cœurs qui se rejoignent au menton. Elle se met à ululer comme une chouette avant l'aube. Elle se bouche la vue à deux mains, les retire, et finit par tomber à genoux, les yeux trop grands ouverts. Elle est obnubilée par la silhouette dessinée à la craie sur le goudron et maculée de sang. Elle la fixe, personne ne bouge, seuls les cochons ronchonnent, se bousculent et reniflent dans la bétaillère. Le corps a déjà été embarqué sur une civière, dans la même ambulance que le conducteur qui ne tient plus sur ses jambes et bave. L'un des gendarmes s'est accroupi derrière moi et m'entoure les épaules de ses bras, il répète «ça va aller, ça va aller». Je ne dis pas que ses mots aient été appropriés, le pauvre, mais ma mère, égarée devant cet espace vide sur la route, qui résume la présence écrasante de la mort, les reçoit comme une imposture. Elle découvre enfin ma silhouette rencognée et il lui sort de la gorge un éclat de voix sur-aigu quand elle crie : «Claire!» Malheureusement, ce n'est pas moi. C'est alors qu'elle pose la fameuse question. Pourquoi l'une et pas l'autre de ses filles, en effet? J'ai fini par trouver la réponse. Avec le temps.

Cependant, celui-ci, malgré son excellente réputation, a plutôt bâclé son travail. Ma sœur a dix-neuf ans jusqu'à la fin de mes jours alors que j'ai atteint l'âge d'être sa grand-mère. Cette arithmétique m'accable, heureusement que je ne risque pas de la ren-contrer au coin de la rue. Autrefois, loin des oreilles de ma mère, je lui avais demandé pourquoi elle épouserait le Dadais Majuscule, elle s'en était tirée par une pirouette – quand elle riait, on aurait dit que le soleil sortait d'un nuage – «je n'ai rien contre le fait de me faire baiser». Je ne lui avais pas répondu «moi, si». A l'époque, c'étaient de gros mots que je ne comprenais pas. Je ne suis pas convaincue qu'elle serait tellement fière de moi, aujourd'hui. A moins que toutes ces années révolues ne l'aient empesée, comme Boîte Noire et Jonquille et que ses paupières, alourdies à leur tour par un fard verdâtre, ne livrent, entre leurs plis, qu'un regard de tortue. Ce que le temps fait de nous n'est qu'un guet-apens discret, interminable, une condamnation sans remise de peine. Elle a eu raison de mourir jeune, elle est ainsi restée vivante à jamais, gardienne d'un temps heureux qu'elle n'aura pas trahi. De plus, elle m'a apporté la preuve que l'allégresse des corps n'est pas une fable. La dernière image que je garde de sa chute est restée gravée, celle de toute cette lumière qui brillait sur sa tête, ses épaules, ses bras, ses jambes, son corps tout entier dans une radieuse bienfaisance. Et en certaine circonstance, bien plus tard dans ma vie, j'ai reconnu cette lumière, aussi pathétique que joyeuse, comme si elle saluait à la fois le monde invisible et le monde habité, et le passé, et toute chose. Sans ce coup d'arrêt fatal, il est probable que les années à venir l'auraient enterrée vive dans leur grisaille. Subjuguée par l'autorité maternelle, elle venait d'accepter de se fiancer avec l'héritier ignare d'une marque de fil à coudre, confit dans le célibat, d'une pudeur pointilleuse, nanti d'une particule. Le candidat incontournable pour ma mère. Et ma sœur n'était pas douée pour l'insurrection. Elle n'en possédait que le premier symptôme : l'imprudence. Elle grimpait et courait sur les toits, bras tendus comme ceux d'un funambule. Elle voulait tout le temps jouer à « Nanouchka » – à deux sur un scooter, le passager bouche les yeux du conducteur avec ses mains, le premier qui a peur crie « Nanouchka » et on arrête. Bien sûr, c'était moi qui perdais la partie. On aurait dit qu'elle ne cessait de faire des petits signes à la mort et, peu à peu, ils me sont apparus

comme les ébauches d'une logique mani-
feste. Son accident donnait la traduction
d'un message que je n'oublierais pas : s'en-
fuir, changer de chemin dès que la vie tente
de vous enfermer dans une voie sans issue.
J'étais trop petite alors pour déchiffrer les
indices, pour comprendre. Elle me disait souvent : «Dépêche-toi de grandir pour qu'on
parte loin ensemble.» J'ai tenu ma promesse,
même si j'ai dû partir seule. «*Because you are
mine, I walked the line*», comme le chanterait
bien des années plus tard mon cher Johnny
Cash, devant les deux mille prisonniers du
pénitencier californien de Folsom.

Sur le moment, les morts brutales figent
l'esprit. Elles nous inculquent l'idée d'un
bouleversement radical, imminent à chaque
seconde, rien, plus jamais, ne pourra être
tenu pour sûr. Et pourtant, elles apportent
un bénéfice. Chaque jour se met à susciter
des bonnes surprises, celles auxquelles on ne
prêtait pas attention auparavant, même
fumer une cigarette devient un bonheur,
représente un instant pris au malheur qui

guette chacun, comme un voleur tapi dans l'ombre. Toujours s'attendre au pire rend joyeux par contraste. Plus de temps à perdre. J'en ai gardé le besoin de bousculer les apparences, celles qui vous font trouver grâce aux yeux d'autrui. Je préfère éprouver la qualité d'un lien, d'un sentiment, d'une opinion, en ne me présentant pas sous mon meilleur jour, comme je le fais devant vous – vous me pardonnerez cet accroc aux bonnes mœurs. Sans en avoir l'allure impeccablement satisfaite, je suis devenue une femme de luxe, je veux ce qui est hors de prix : que l'on m'apprécie et m'accepte pour mes défauts, mes insuffisances. Et ces gens plutôt charmants, les amis de Karl, tant qu'ils ne me demandent pas de payer leurs billets, peuvent s'acharner sans que je les méjuge à comparer au centime près les tarifs des compagnies Low Cost, et avaler sans se plaindre leur plateau-repas garni de deux sandwiches presque secs et boisson froide. Le tout aux frais de démarches éreintantes auprès de multiples organismes sociaux qui subventionnent leur marginalité. Ils se donnent quand même beaucoup de mal pour ne pas mériter un salaire. Leur philosophie est celle d'une confraternité montante, elle réside dans le doute, la modestie et le désir aigu de ne rien foutre, ce qu'ils appellent poliment «garder une ouverture sur le monde».

Au gré de leurs mélancolies variables, ils transitent vers des lieux approximatifs que de lointains mais fidèles amis mettent à leur disposition quand ils s'absentent. A charge de revanche. Ils passent ainsi d'un cube blanc avec l'eau sur le palier de la via Nomentana, à Rome, à deux pièces en colocation à Sutten Street, New York, pour végéter l'hiver dans un studio meublé du 18e ou 19e à Paris.

Disons que leur condition économique est flottante et qu'ils se préoccupent assez peu de l'améliorer. Leur point de rassemblement avec Karl. Ils parlent volontiers des moments de solitude ou de passion et cela m'instruit à peu près autant que de contempler un carré de bitume. Les erreurs des autres me sont aussi familières que les miennes. Karl range tout ce petit monde dans la catégorie «artistes». Je me retiens de lui signaler que les cuisiniers et les coiffeurs aussi se disent «artistes». A peine lui ai-je épargné cette réflexion mesquine qu'une autre gracieuseté m'échappe : «Ta braguette est ouverte.» Cela ne le dérange pas outre mesure, il ne baisse même pas les yeux, il envoie ses longs doigts réparer la négligence.

Karl ne mérite en rien que je ne le surestime, comme il serait de bon ton pour une liaison de routine. Chaque matin, il débite le programme de sa journée qui commencera par une séance de recherche aux archives nationales, rue des Francs-Bourgeois, sur la première dynastie des Rois Francs et d'abord Mérovée, le grand-père de Clovis. Naturellement, la consultation des archives se fait du lundi au mercredi, de 14 heures à 17 heures, en ayant soin de commander les titres vingt-quatre heures à l'avance mais Karl dédaigne ces préoccupations vulgaires. De toute façon, il ne se cassera pas le nez à la porte, il a déjà oublié son projet. Avant de sortir de chez lui, fringant comme un dandy, sûr de la supériorité aristocratique de son esprit (bel homme élancé, à l'abondante

chevelure argent, aux hanches minces),
entre deux piles de chemises, non encore
dévolues au chiffon malgré leur vétusté, il a
trouvé une boîte d'allumettes pleine de terre,
nantie d'une étiquette griffonnée : « Terre du
jardin de San A. » Il en a pour des heures à
fouiller sa mémoire, ses placards, à trier des
tickets de métro périmés, des cassettes vidéo
datant de sa jeunesse que nul lecteur ne peut
plus dévider, la bande est cassée.

Parmi de nombreuses qualités, Karl possède celle de ne pas s'accoutumer à l'éton-
nante spécificité du monde. Une fissure dans
le plafond ou les habitudes des mouches le
captivent. Le soir, pas souvent, je n'en ai pas
un grand désir mais j'ai mauvaise conscience
de ne pas avoir envie de lui, je le vois à cali-
fourchon sur mes cuisses, les épaules lui-
santes de sueur. Et puis je ferme les yeux, je
commence ce jeu perfide avec moi-même où
ce ne sont ni Karl ni moi qui sommes agrippés l'un à l'autre, dans cet espace obscur,
sous les paupières closes, où l'urgence du
plaisir devient presque cruelle.

Avant Karl, j'ai toujours été loyale avec les hommes. La principale raison pour laquelle je ne romps pas avec lui est lamentable. Et si c'était lui le dernier ? Avec en corollaire une autre question, guère plus reluisante : et si ma vie amoureuse se terminait sur des ébats médiocres ? Je cherche des solutions. Mon entrée parmi vous pourrait figurer la meilleure. Votre histoire, telle qu'elle se présente aujourd'hui, détruit la marche du temps, mélange les époques, elle ressemble à celle d'un collectionneur qui se met à brader les œuvres de plusieurs peintres ou sculpteurs en vogue, leur cote baisse aussitôt et ils sont relégués dans un passé démonétisé. Vous ne faites aucun cas de vos illustres prédécesseurs. Jamais je ne vous ai entendus citer Montesquieu, Alexandre Dumas fils, Clemenceau, Claudel, Kessel, tant d'autres, plus valeureux que vous. Avoir gagné leur titre, Immortel, suffit à les ensevelir. Edmond Rostand s'en était égayé, il dira, parlant de ceux qui ne sont pas parvenus à siéger parmi vous : « Tous ces noms qui ne mourront jamais, que c'est beau… » Vous m'offrez un chemin pour rentrer dans le rang, pour que ma nouvelle vie s'organise, que je change de joies et de peines. Chacun de nous est le dernier témoin de sa propre jeunesse et la plupart des honneurs visent à l'effacer dignement, avec les récompenses réservées en priorité aux plus rhumatisants. Encore qu'il existe des exceptions culturelles dans cette affaire. Chez les Bantous comme au Vatican, ne pas être assez décrépit représente un handicap sérieux. Lors de la dernière course au Saint-Siège – le concours semble aussi emberlificoté que chez vous – deux archevêques parmi les favoris, Mgr Schönborne, de Vienne, et Mgr Madiaga, du Honduras, se sont vus évincés du peloton de tête, l'un, pour n'avouer que 57 ans et l'autre, 61. Disqualifiés pour la tiare. De nos jours, l'âge ne représente plus une incertitude potentiellement dangereuse mais une opportunité à saisir, une composante de dernière minute du pouvoir. Il est devenu hors de propos de susurrer «je t'aime» après une nuit sans lendemain. Impensable d'être pris de fou rire devant un accident affreux, comme je le fus, devant le Grand Palais, bien avant la venue de ma petite-fille. C'était par une soirée parfumée des fleurs de marronniers, en mai, où tout le monde semblait flâner. Une jeune femme gisait sur le passage clouté, ses petites mains baguées à tous les doigts posées contre sa joue, comme si elle dormait. Une crête bleue colorait sa chevelure platine mais c'était à peu près tout ce qui distinguait son visage, elle était à mi-corps engagée sous le capot d'un bus. Soudain, un homme s'affala contre moi, refoulé par le cordon de policiers qui contenait l'attroupement. Je l'entendis pousser une plainte éraillée, celle d'un enfant qui assiste à la confiscation de son arbre de Noël mais remarque une boule scintillante, échappée au désastre : « Elle a de si jolies jambes et, regardez, ses bas n'ont pas filé »… Cet homme-là fait partie de ceux que je n'ai jamais oubliés. Comme vous en conviendrez, ce ne fut pas toujours pour d'excellentes raisons. Et j'en suis désolée. A contempler vos visages levés vers moi, marqués, usés par les stigmates de vos ambitions, la déficience de vos organes vitaux qui vous déguisent en vieux, votre courage, aussi, à nier par la posture la faille qui s'élargit sous vos pas, c'est toute ma collec-

tion de morts qui me remonte à la mémoire.
Comme si les vivants n'avaient pas place ici.
Pardon.

J'ai aussi accepté la possibilité de figurer
parmi vous – encore un aveu qui ne va pas
rehausser mon image – afin d'observer de
l'intérieur l'incapacité des élites (la vôtre se
targuant d'en être l'un des fleurons) à tenir
compte des mutations de la société depuis
deux ou trois décennies. L'Ambassadeur
m'y a encouragée. Il m'a assuré – son petit
œil marron tout fripé de plaisir – que mes
modestes interventions «feraient partie du
système relationnel entre décideurs». L'ar-
gument m'a beaucoup plu. J'ai tellement à
apprendre de vous autres. Le mystère de
mon élection n'en est pas éclairci pour
autant. Vous décrivez votre cénacle comme
«un îlot de la culture humaine». Chez vous,
comme chez le singe, nous sommes coupés
du monde, la vision est bornée. L'idée m'in-
téresse, j'y distingue une forme de repos.
Vos afféteries vont me rendre la santé. A
condition, toutefois, qu'une contagion bien-

heureuse me fasse rejoindre votre habileté à perdre la mémoire de vos rêves anciens.

Manœuvrer pour accumuler les honneurs, cette ultime sécurité sociale, ne serait-ce pas, d'abord, rayer de son territoire imaginaire les lieux où se sont, autrefois, exercés l'innovation, l'audace, le désir d'un avenir sans contraintes ? Vous n'avez plus que dédain, amnésie, pour cette période de votre jeunesse où le fossé des générations scindait le paysage culturel – devenir hippie ou astronaute représentait alors l'aventure réservée aux meilleurs. La plupart d'entre vous se diraient « tiens, cela me rappelle quelque chose » si je vous montrais la jeune épouse de Karl sur une photo pâlie, à la bordure dentelée, mouchetée de taches brunes (jetée dans le tiroir de sa cuisine, sous les couteaux dépareillés et quelques fourchettes orphelines). En ce temps-là, celui de vos vingt ans, elle arpentait les plages et les dunes d'Ibiza comme on danse. Vous l'avez rencontrée en vacances, le temps d'un amour volé à vos préoccupations importantes, face à elle, vous vous sentiez à la fois penaud et exceptionnel. L'automne venu, vous l'avez quittée tête baissée, les épaules affaissées, étonné de vous sentir les larmes aux yeux mais plutôt soulagé. L'avenir, avec elle, c'était zéro pointé. Vous attendait, trois, quatre saisons plus tard, une jeune diplômée d'excellente famille pour qui les problèmes de poids, les maladresses au volant, la passion des soldes dans les grands magasins feraient, en trois grossesses et un univers de féroce solitude lors des soirées mondaines, une épouse accomplie. Celle de Karl ne vous aurait jamais fait entrer dans la carrière. Sur cet instantané, elle porte un paréo, des colliers de perles de bois, de longs cheveux agités par le vent. Son sourire éclaire comme le soleil d'été. Karl l'évoque par moments, sans jamais prononcer son nom. S'il m'arrive de le lui demander, il secoue la tête et il m'adresse un clin d'œil malicieux, un enjouement feint qui laisse entendre combien son cœur se serre. A le voir ainsi s'esquiver, je lui donne un bon point, il m'attendrit enfin.

C'est comme si elle ne l'avait pas quitté mais qu'elle le laissât seul, parmi un ramassis de papiers et de classeurs ouverts. Je ne sais pour quelle raison, il entasse son fatras sur la table de la cuisine, peut-être parce qu'une suspension de porcelaine blanche à poulie dispense un cône de lumière très net – Karl a les yeux faibles.

Elle ressemble à la *Naissance de Vénus*, par Botticelli. Au début de leur mariage, elle croyait avoir épousé un artiste et devoir consacrer ses soins à l'éclosion de son talent. Innocence ou bêtise des femmes quand elles sont jeunes et pensent que l'amour consiste à adopter dans leurs moindres contours et détours les hommes qu'elles ont choisis. Tout comme vous au même âge, Karl venait de plonger dans la culture rock, emblème de la rébellion contre le confort et les traditions. C'était le temps où gagner un salaire, posséder une voiture vous expédiait dans le clan des conformistes. Karl ne possède toujours ni l'un ni l'autre, « *have a voice, make a choice* » ne lui est plus qu'un refrain périmé.

A certains égards, que je vous parle de Karl offre assez peu d'intérêt. Sauf à reconnaître que l'histoire de chacun suscite de

nouvelles questions sur notre propre devenir. Si les vieux doivent s'obstiner à se
conduire comme des jeunes, de quel savoir
peuvent-ils être porteurs l'âge venu ? Karl a
beau montrer bonne figure, à sa place, je me
sentirais faible à pleurer. D'ailleurs, il émet
tellement de petits bruits joyeux que cela
revient au même. La plupart de ses phrases
sont ponctuées de rires brefs, mécaniques,
sur une seule note, comme pour en marquer
le tempo. Il rabâche la même histoire, avec
les mêmes mots et je l'ai surpris plus d'une
fois à défroisser des pages dans sa corbeille
à papier. Le ton de sa voix est humble,
tendu, quand il parle d'elle. Il dit tout le
temps « elle a »... J'ai fini par l'appeler Ella.
Pour se mettre au diapason de la Nature
qu'ils découvraient ensemble, Ella multi-
pliait les ecogestes. Elle teignait au moyen
d'une macération de baies violettes sau-
vages, dans une bassine de zinc, ses longues
jupes de coton, elle mijotait des poissons
crus entre deux pierres avec des aromates et
cultivait un carré de champignons fungi.
Karl sortait ainsi de son ère malsaine sau-
cisses fumées, bière, patates et stages dans

la banque de Papa. Cela vous rappelle-t-il quelque chose ? Vous pouvez transposer, hériter d'un grand laboratoire, tête de promotion à l'Ena, professeur de médecine, as du barreau, toutes les variantes sont admises pour vos chers disparus dont la prospérité a favorisé la vôtre.

Monsieur le Secrétaire perpétuel, reprenez votre souffle, vous êtes violet foncé. Vous savez bien que le désenchantement n'est souvent que façade et que l'on attend d'autant plus d'une Institution qu'elle prête à la critique. D'autre part, l'usage suggère aussi au nouvel élu, pour envelopper son remerciement, d'exposer sa propre indignité. Encore que décrire son insuffisance, c'est postuler que vous avez très mauvais goût. Celui-ci, cependant, n'est-il pas le miroir de la réalité ? Rappelez-vous Voltaire, élu en 1746 : «Je ne suis pas d'accord avec ce que vous dites mais je me battrai pour que vous puissiez le dire...» Je n'en attends pas moins de la largeur et de la liberté de vos idées. Enfin, je l'espère.

L'empreinte des choses cassées

Si l'on compte et recompte le nombre fluctuant de vos membres chaque année, entrer chez vous, c'est poser le bout du pied dans la tombe. J'y ai déjà fait allusion mais, franchement, comprenez que l'on puisse éprouver une inquiétude à cette perspective et se dire qu'il n'y a pas le feu à vivre dans l'idée de s'imaginer raide et froid. On ne sort pas vivant de votre Compagnie. Il y en a deux qui ont dû partager mon sentiment, Pierre Benoît et Julien Green, ils ont démissionné, et force est de constater qu'ils ont ainsi gagné un complément de longévité, deux ans pour l'un, trois ans pour l'autre. A l'âge qu'ils avaient déjà, ce n'est pas négligeable. Vous avez radié, à juste titre, le maréchal Pétain, déjà égrotant, maladif à 91 ans, et il en a tiré quatre ans de supplément. Quant à ceux qui se sont suicidés, Henry de Montherlant, Jacques Laurent, le moins qu'on puisse penser est que l'idée d'être Immortels ne les a pas retenus... Je sais, je sais, ce discours est abrupt et il n'augure rien de très convenable à vos oreilles quant aux figures de style attendues. La bienséance aurait voulu que je commence par faire état de mon émerveillement à prendre place parmi vous, évoquer une crainte révérentielle à pénétrer dans cette salle, termes que j'emprunte, je crois, à Jacques de Lacretelle – je me suis efforcée de potasser les compliments de mes prédécesseurs lors de leur réception. Je connais les usages mais je ne les applique pas toujours sans difficulté. Vous ne m'en avez pas tenu rigueur, au fil du temps, vous avez eu coutume de m'absoudre, de loin en loin, sur un ton indulgent : « Elle est imprévisible. » Aucun d'entre vous, alors, ne visait encore le frac noir, plastron et cravate blanche et ce vert d'abat-jour brodé aux revers, au col, aux manches, à la baguette du pantalon. L'Ambassadeur non plus n'était pas dans la course, à l'époque, il tentait plutôt de me faire sauter sur ses genoux – j'en avais l'âge, et je venais de publier un premier roman qui tranchait d'abord sur les parutions ordinaires par la jeunesse de son auteur. *Le Figaro* avait publié ma photo, avec en sous-titre « elle est blonde et elle a les yeux verts ». Pas d'autre exploit. Ce jour-là, je partageais la page « Culture » avec un autre inconnu, Herman, mi-blanc, mi-noir, bouclé, très doux, avec de beaux yeux cernés d'ombre, comme s'il portait des lunettes de star incognito. Qu'avait pu faire Herman de son côté pour mériter l'attention de la presse ? Herman était le premier taureau du monde scientifiquement modifié, porteur d'un gène humain, et la Chambre des députés néerlandaise venait de voter l'autorisation qu'il se reproduise. Herman, qui aurait dû paître en paix et mourir en biftecks, avait conquis son heure de notoriété. Moi aussi. J'ai failli en pleurer. Herman m'a consolée. Personne ne faisait cas du périlleux travail que j'avais mené coûte que coûte à aligner des mots, chaque jour plus sûre qu'ils finiraient à la poubelle, mais je n'étais pas menacée, comme lui, de mettre au jour des avortons, des esquintés, des êtres qui peinent à vivre. J'apprenais la leçon, les éloges publics sont souvent le fruit d'un travestissement de notre vraie nature, un malentendu. L'Ambassadeur, lui, avait été le premier à craquer comme une allumette devant la débutante. Il m'avait convoquée dans le bureau qu'il occupait alors dans un luxueux journal, avec tapis rouge dans le hall, sur les Champs-Elysées, mains tendues vers le tendron, voix chaude et enjouée : «Je suis jaloux de vous.» Stupeur de l'impétrante, le feu aux joues et statufiée sur la moquette. Ensuite, il a pris mon index et l'a porté à sa bouche : «Voyez mes canines comme elles peuvent mordre»? J'en étais restée coite. Que voulait-il prouver? Personne avant lui ne m'avait montré les dents. Et je pensais, bêtement, que seuls les rois avaient droit aux couronnes, au factice.

Ce que l'on pardonne volontiers à une novice est beaucoup moins toléré chez une femme qui vieillit mais la formule reflète assez bien la particularité de votre coterie : seul un comportement convenu mérite vos louanges. Aujourd'hui, je crains que chaque mot employé n'offense vos pudeurs. En l'occurrence, mon arrivée parmi vous marque de son estampille ma date limite de consommation pour toute libido masculine normalement constituée, exception faite de celle de l'Ambassadeur – tant pis, je cafarde – et, par ailleurs, souligne pour la plupart la course à l'hôpital : malgré mon âge, c'est vrai, je suis plus jeune que vous. Et l'une poussant l'autre... vous connaissez la suite. Noël au scanner, Pâques au cimetière mais c'est un raccourci de comique, contentons-nous de ne pas trop appréhender le futur. Votre doyen, qui me fend le cœur à trembloter de partout, sa canne sous le menton qui trépide en sourdine, posséderait-il l'humour et le panache de Peggy Guggenheim, âgée, malade, à qui l'on demandait «comment allez-vous» et qui répondait «pas mal, pour une mourante». Voilà une personne que vous auriez pu élire pour accroître votre éclat. Rien que la liste de ses amants aurait dû lui valoir vos suffrages : Arp, Léger, Tanguy, Giacometti, Brancusi, Ernst, Marcel Duchamp, Mondrian, Beckett... Et eux tous, s'ils avaient figuré dans vos rangs... Trop tard. A vous regarder aujourd'hui, aucun membre, parmi vous, ne peut plus réveiller le rêveur qui sommeille en chacun.

Pourquoi tant de critiques alors que j'ai accepté votre prestigieuse invitation ? Il faut savoir changer de camp. Partir loin de ceux que nous aimions et qui nous ont quittés comme on renonce à un pays qui ne veut plus de vous. Certains prennent un abonnement au Théâtre-Français et versent des cotisations aux Amis du Louvre. Votre Compagnie flatte au moins l'amour-propre. Ma franchise aujourd'hui s'est aussi inspirée d'un roman de Darien, *Le voleur,* publié en 1898, où l'on voit un cambrioleur éclater la marqueterie d'un délicat secrétaire en bois de rose au moyen d'un vilebrequin. Il s'en explique : «Je fais un sale boulot, mais, au moins, je le fais salement.» Cette morale me convient, agir en connaissance de cause est la forme première de l'élégance et votre conformisme avéré ne devrait pas s'en offusquer outre mesure. Avec tous les dévoiements qu'il suppose. Ce lieu ne fut-il pas d'abord édifié par Mazarin pour fonder un collège destiné à instruire gratuitement les jeunes nobles ? Et voyez où nous en sommes : une assemblée de retraités chenus, dont certains n'avancent qu'à petits pas d'enfants qui apprennent à marcher, la plupart très nantis et le reste, étouffant des rots de vanité, d'aigreur, de trous de mémoire, on ne sait pas. L'année, pas si lointaine, où j'ai publié un ouvrage collectif avec des chômeurs et qui ne traitait certes pas de Belles Lettres, au sens où vous l'entendez, l'un de vos piliers dont le désir le plus radical avait été d'entrer dans vos rangs a déploré, lors d'une causerie privée dans un salon littéraire (quatorze personnes au moins, puisque cela m'est revenu aux oreilles), « ce vagabondage hystérique » de ma part. L'inaction est un privilège mais le chômage, aux yeux des gens de bien, se range parmi les maladies qui frappent les étiolés, les impécunieux, les sous-doués, on se doit de le tenir à l'écart des authentiques vertus morales, Confort, Influences, Patrimoine. Ce livre avait suscité un battage médiatique, loin de tous les compliments élitistes, maigrelets que recueillent vos écrits distingués sur « Rainer Maria Rilke et l'épine de rose » ou autres exercices de style. L'éditorialiste d'un journal économique acquis au pouvoir politique en place n'avait pas hésité à écrire : « Une société occidentale en bonne santé se doit d'avoir un nombre *convenable* de chômeurs. » Personne, parmi vous, ne s'en est étranglé – il est vrai que, dans votre sainte prudence, vous ne prenez jamais position. La ministre de l'Emploi et de la Solidarité s'en est tenue à son devoir, réduit à sa plus simple expression. Elle m'a conviée à un petit déjeuner, invitation dont le principal objet était de me prier de confirmer ma venue «à Nicole ou Francine au 22 23 ou 21 84». Enfin, un magazine à gros tirage s'est chargé d'apaiser les inquiétudes éthiques par un sobre encadré à la rubrique Société : «Pour endurer la souffrance sociale que nous infligeons aux autres et continuer à vivre néanmoins, il nous faut endormir notre conscience morale.» Cela tombait à pic dans vos chères habitudes. Pris d'inquiétude devant les remous grandissants – le Président de la République en personne m'avait envoyé un mot, inepte, selon la tradition de l'Elysée : « L'action que je dirige trouve son sens dans l'authenticité des témoignages que vous avez recueillis » – et aussi, comme me le confirma l'Ambassadeur avec un rire sérieux : «pour vous faire taire, ma chère», le Pilier, qui avait fait partie d'un gouvernement, m'a ensuite proposée dans l'ordre de la Légion d'honneur. Que je méritais, certes, beaucoup moins qu'un footballeur, un tyran du Nicaragua, un chanteur de Mexico ou un assassin russe, promu par zèle diplomatique à ce grade afin de finaliser les marchés au comptant qu'il nous passe pour des armements d'attaque ou de défense.

J'ai longtemps hésité. Ce n'est pas tout que de refuser la Légion d'honneur, il faut encore ne pas l'avoir méritée, dit-on. De ce côté-là, je me croyais tranquille. Ophélie, elle, a été époustouflée par la nouvelle. Elle a insisté pour que je me joigne à une petite fête organisée chez Karl, rue de Clichy, elle avait l'air de trouver l'événement excitant, il méritait examen. Ce soir-là – de même qu'en plein Sahara, le bédouin de service sert le thé à cinq heures aux touristes qui étrennent la djellaba offerte dans le sac publicitaire du tour operator, remis avec la carte d'embarquement – Ophélie avait revêtu sa tenue de travail, la « *combinación perfecta* » de la salsa. Elle s'était donc infiltrée dans un moulage anatomique de lamé bleu nuit, avec une

fente profonde sur ses avantages consé-
quents. A peine la porte ouverte, elle m'a
happée par le poignet en claironnant «la
salsa, c'est l'esprit de fête». Le cours de
danse cent pour cent Brasil qu'elle dispense
aux seniors l'a fait basculer dans l'éveil cor-
porel, maintenant, elle parle de «danse fit-
ness» et aussi des dix calories par minute que
brûle la salsa. Elle m'a entraînée dans le couloir obscur, l'ampoule au plafond, chez Karl,
est grillée depuis longtemps. Comme d'habitude, elle roulait des hanches et claquait
des doigts en scandant «*cambia step, cambia
step*». Parfois, je l'envie. L'idiome qu'elle
savoure en nouvelle convertie n'est pas plus
surprenant que le vôtre, à traduire le mot
anglais employé sur Internet *chat* qui veut
dire «bavarder» par «babillard», comme
votre impropriété à respirer l'air du temps
l'inscrit dans votre nouveau dictionnaire. Et
pourtant, on ne peut vous reprocher une
précipitation coupable à bousculer les mots.
Depuis 1972, vous n'avez pas trop cravaché
pour vous employer à rajeunir le vocabu-
laire. Vous en êtes à «piécette», mot déjà
caduc s'il s'agit de monnaie, n'en déplaise à

votre omniscience. Cependant, vous avez fait l'effort d'accélérer le rythme. Votre premier dictionnaire historique de la langue française fut mis en chantier au XIXe siècle et abandonné après soixante ans de labeur à la lettre «A». Vous ne traversez certes pas le temps comme une soucoupe volante le ciel bleu...

A la cuisine, Orlando et Ernest chaloupaient en se trémoussant, un verre vide à la main. Les fonds devaient être bas, le couscous avait cédé devant le guacamole et les chips piquantes, l'arak s'était commué en sangria ponceau où nageaient, flapies comme des papillons morts, des rondelles d'orange. L'un accompagnait le rythme en faisant «toum, toum, toum», l'autre imitait la «cuica», ce tambour à friction qui évoque le cri du singe ou du chien qui gémit à la lune. Orlando avait revêtu un cashmere ardoise, assorti à ses yeux, un jean noir, son piercing à la narine jetait un point de lumière. Ernest, très impliqué dans la production des jeunes créateurs de sa galerie de peinture virtuelle,

affiche sans en varier la «tee-shirt attitude».
Ce soir-là, il portait en pleine poitrine l'inscription S.D.F. Sans Demoiselle Fixe – encore
qu'une petite créature lunaire lui fût accro-
chée au cou, comme un jeune koala à sa
branche. La dernière fois, c'était SERIAL
FUCKER, imprimé en gothique dégoulinant
rouge. Chaque tribu a ses rites. Avec eux,
comme avec vous, on se doit de fraterniser à
titre conjuratoire, tous les grigris sont bons.
A l'inverse de vous autres, dans l'entourage
de Karl, on reste de faux jeunes, la survie en
dépend. Pour cette raison, d'ailleurs, celui-ci
n'était pas encore là, sorti faire un saut chez
son père de 88 ans (chroniquement furibard,
il appelle son vieux fils «la bouteille à la
mer»), pour toucher son argent de poche
hebdomadaire. C'est le prix de l'aumône, il
lui faut dire merci, avaler l'insulte et palper
les billets, pas de virement bancaire. En
attendant l'héritage, chez lui, on s'en remet à
la patience, on commémore les superstitions
de la mémoire, l'insouciance d'autrefois et les
espoirs détruits, chacun mérite un nouveau
bonheur, danser donne un sentiment de
santé recouvrée. Un protocole assez répandu

chez les fauchés de bonne famille quand ils sont promis à un avenir cossu. Cette Légion d'honneur fournissait un prétexte opportun à réitérer leurs modestes agapes, me serais-je cassé la jambe en aurait été un autre, tout aussi honorable. Orlando et Ernest m'ont embrassée comme leur plus chère cousine. Ophélie, les deux mains à ma taille, m'a fait virevolter, elle a tapoté mes cheveux relevés et tortillé d'un doigt la longue mèche que j'avais laissé échapper à dessein : «Dites-lui qu'un ruban rouge serait du dernier chic?» Ils ne s'étaient pas posé la question en ces termes. J'y pensais plutôt comme à une séance de rattrapage d'un goût douteux, une mauvaise farce à la mémoire de mon grand-père. C'était il y a près de cent ans, au pied du mont Mort-Homme, déclaré depuis «village mort» et qui n'a toujours pas été reconstruit, tant il pue la camarde (en langage poilu). Dix mille soldats tombés pour garder la cote 304. Je sais encore tout cela par cœur. Il nous en déparlait quand nous étions enfants. Et sur son lit de mort, à plus de 80 ans, il ne cessa de battre l'air avec ses bras en hurlant : «Les boches arrivent en tirailleurs»… Mais il eut une autre phrase, tout aussi singulière, à son dernier instant. Ouvrant un grand œil sec, éteint depuis trois jours, il éructa, bien qu'il fût presque aphone : «J'exige que l'on me lève, la guerre n'est pas finie.» Et il mourut debout, soutenu par ses fils.

Sur huit millions et demi de poilus, les deux derniers ont disparu, à six semaines d'intervalle, en 2008. Ils avaient 110 ans. Ils s'appelaient Louis de Cazanave et Lazare Ponticelli. Ils ne se sont jamais abaissés à l'obsession autosatisfaite de ceux qui sont sortis d'un gouffre. Ces deux-là, comme tant d'autres, n'en étaient jamais vraiment revenus. A vingt ans, pour seul réconfort, on leur avait donné en abondance des cigarettes, de l'alcool et des larmes. Ils n'avaient plus que faire des palmes, des honneurs, des faux-semblants qui vous enchantent tellement. On a attendu qu'ils soient bien vieux pour les utiliser, comme si leur principal mérite était d'être centenaires et non d'avoir combattu. Dès lors, chaque année, on les a traînés en fauteuil roulant pour l'Armistice, sous l'Arc de Triomphe, ultimes témoins d'une boucherie historique, pomponnés, décorés, et enfin invalides (l'image est plus frappante) pour célébrer le Soldat Inconnu et recevoir l'accolade du Président de la République. Et puis on les a remisés jusqu'à la prochaine fois. Deux statues pour agrémenter le décor. Ensemble, ils avaient refusé l'idée de funérailles nationales parce que ce serait un affront, disaient-ils, à ceux qui n'ont même pas eu droit à une croix de bois. Ils n'avaient qu'un message à transmettre : l'extrême humilité de ceux que l'on ne peut plus duper. Une idée devenue anachronique, sans aucun intérêt pour vous autres qui vous tenez pour des figures de réussite. Le premier à peine enterré, l'autre eut droit à la précipitation sardonique de la Télévision en prévision de son dernier souffle, aux micros tendus jusque sous le menton. Il s'en fallut de peu qu'on ne demandât si sa longévité tenait à sa consommation de yaourts. Le reste, on s'en fichait. On couvrit sa voix pâteuse, probablement égarée, sous les applaudissements. Il était clair que ses chimères ne feraient

de mal à personne. Que rabâchait-il, le vieux ?
« C'est complètement idiot, la guerre, vous
tirez sur des pères de famille. Il faut avoir
entendu les blessés entre les lignes. Ils appelaient leur mère, ils suppliaient qu'on les
achève. Les Allemands, on les retrouvait au
puits quand on allait chercher de l'eau, on
discutait, ils étaient *comme nous*»...

Le contraire de vous autres, qui vous
croyez au-dessus des mortels. L'esprit inverse
de votre assemblée majestueuse, hommes de
sciences, hommes d'État, hommes d'Église,
hommes et femmes de lettres qui pensez
accaparer le génie des grands noms qui
vous ont précédés. Quant au Panthéon, autre
siège de l'Immortalité, une curieuse empathie
pour ce monument semble se dessiner, pour
quelques-uns d'entre vous, comme une suite
possible à la vôtre. Il court, entre vos rangs,
des réserves subtiles sur le choix du dernier
transféré, André Malraux, «ce chenapan qui
n'a pas terminé le lycée, arrêté par la police
pour avoir volé des statuettes anciennes et qui
est dans la Crypte». Reprenez-moi, monsieur le ministre des Anciens Combattants, si
je déforme votre propos, vous chuchotiez

à l'oreille du Perpétuel, la main devant la bouche, j'ai peut-être mal compris. L'Ambassadeur m'a aussi rapporté que lors de vos conciliabules, vous vous préoccupez de l'action de notre nouveau Président et de sa frénésie à refondre le tissu social. Le Pilier a lancé, de sa belle voix profonde, presque de ventriloque : « Il serait capable d'inscrire au Panthéon la première succombée qui serait issue de la diversité »...

Mon grand-père me faisait peur parce qu'il sentait mauvais et respirait avec un bruit d'égout dans un tuyau de caoutchouc pour soulager ses poumons. En prime, il avait été aspergé de gaz moutarde. Comme les gens de sa génération, il portait de longues chemises de nuit blanches d'où émergeaient ses pieds rouges et maigres qui évoquaient deux carottes. C'est lors de notre baiser du soir, imposé par ma mère qui nous y poussait aux épaules, à son coucher, entre deux caverneuses aspirations, que son radotage reprenait. Jamais, nous disait-il, on n'arrosa autant de moribonds de rubans à rosette sur leurs capotes éventrées, noires de sang. Il avait dix-huit ans. Fauché en montant à l'assaut par une rafale de mitraillette qui lui avait traversé les deux cuisses. Il avait l'impudeur, en troussant sa chemise, de nous dévoiler au passage ses attributs, deux aubergines hérissées de poils blancs, de forcer nos petits poings qui entraient, en effet, dans les quatre gros trous laissés par la blessure, et je ne parle pas du chiffon anciennement souillé, raidi sous une mousse sèche, où il avait roulé la balle dum-dum extraite et qu'il gardait dans son coffre-fort. Il était parvenu malgré tout à ramper sous la ligne de feu et à ramener vers la tranchée le corps sans tête de son meilleur ami. Déclaré moribond, il avait été décoré sur le champ de bataille, avec pléthore d'autres mourants, par le général Mangin, privé de commandement ponctuel par ce désastre, qui se mit à distribuer les insignes comme une extrême-onction, en titubant entre les brancards alignés dans la boue. Evacué à l'arrière, dans un hôpital de fortune, mon futur grand-père s'était ressuscité. Et on lui avait repris sa belle décoration... Il semblerait qu'en 1916, ce lot de décorés d'urgence n'ait été mis à l'honneur qu'à titre posthume. Nul besoin de hochet pour faire avancer la piétaille, les obscurs, les sans-grades, leur sort commun est de marcher au pas. (Sans la fleur au fusil qui, par ailleurs, en langage métaphorique de carabin, désigne une maladie honteuse – connotation triviale que votre excellente éducation vous a sans doute épargnée.) Un historien, parmi vous, pourrait-il me le confirmer ? Vous savez combien les légendes familiales sont sujettes à caution.

Il y a déjà un moment que j'ai observé comment le despotique caprice des décorations divise l'opinion. Ernest, qui affectionne les ersatz de sagesse, les bras croisés serrés, le front plissé par une profonde réflexion, s'est prononcé le premier : «Je m'en tiendrai aux idées générales, nos corps sont faits d'autant d'émotions que de chair, je ne pense pas qu'une médaille protège des attaques.» Un blanc léger s'ensuit. Ophélie lève ses yeux étroits, qui ne manquent pas de charme, ils évoquent le fond transparent de deux petits verres de chartreuse, elle les charbonne de khôl et ses sourcils ne paraissent tenir que par un fil dessiné au crayon. Elle a subi le sort des anciennes danseuses, elle était tout en muscles, des vaguelettes de peau gaufrent son torse et ses hanches, cependant elle s'obstine à s'habiller sylphide, elle combat le bourrelet. D'où son hésitation : « George Sand, quand même, a refusé en disant qu'elle ne voulait pas ressembler à une grosse cantinière. » (A savoir, la première décorée, Mme veuve Brûlon, 52 ans, retraitée aux Invalides après 7 campagnes et 3 blessures.) En 1914, il y avait 110 femmes décorées. Actuellement, la Grande Chancellerie avoue pudiquement avoir pour objectif 10 % de femmes sur un quota de 114 000 âmes dont j'ai appris qu'il n'était jamais dépassé – renseignement pris dans le dictionnaire. L'élite se méfie des femmes, elles ne forment pas le cadre idéal pour renforcer la suffisance morale. Les nominations n'interviennent qu'après les disparitions, comme chez vous. Avec une petite différence : dans les avantages attachés à cette décoration figure celui de transmettre ce titre à la descendance, de mâle en mâle – il faudra bientôt le prouver par test ADN – et enfin, celui d'être enterré avec les honneurs militaires, ce dont je vous demande instamment de me dispenser l'heure venue.

Nous voilà tous les quatre, Ernest, Orlando, sa nouvelle fiancée et moi, les coudes sur la table, les mains sous le menton, et la moue réfléchie à braver le regard d'Ophélie. Les mains sur les hanches, elle insiste pour trancher la question. Légion d'honneur ou pas ? Ernest penche décidément pour le refus. Pour lui la seule action qui mérite récompense est celle qui consiste à ronger son frein. Un autre silence s'ensuit. (Tout ce que dit Ernest entraîne méditation.) Dissipé assez vite par la nouvelle compagne d'Orlando, la jeune fille koala, aux joues poudrées à blanc, aux courts cheveux orange, ensachée d'une tunique vert fluo. Elle dit : « Il y a plein de raisons d'accepter, Rosa Bonheur l'a eue pour avoir peint des vaches, toujours des vaches… Bonduelle aussi, avec ses petits pois… »

Si j'avais épousé un pompier, vous ne m'auriez pas accordé un regard. L'élitisme est une forme de communautarisme silencieux. Vous ne prêchez pas la haine de l'autre mais l'ignorance totale de celui ou celle qui n'a pas fait un peu de figuration dans le paysage culturel, remplacée ici ou là par une subite montée dans l'ascenseur social. Mon ancien mariage, pour vous, est un bon point pour moi. Renaud est un prénom du beau monde, il flaire son terreau social supérieur. Il m'a aussitôt attirée parce que je n'avais rien pour lui plaire. Non qu'il ait représenté un défi que je me lançais à moi-même mais parce que nous ressemblons toujours à ce que nous n'avons pas été vraiment mais que nous voudrions devenir. Il a été ce rêve auquel j'ai cru de tout mon cœur : que nous soyons totalement l'un à l'autre.

Il était beaucoup trop bien pour moi – commentaire de ma mère, dont le véhément respect des conventions fut comblé par la surface mondaine du futur gendre. Trop miroitante, prédit-elle, pour que je parvienne à y graver mon reflet. Il avait cumulé Sciences-Po, l'Ena et un doctorat de sociologie. Charmeur, il aurait souri à un mur aveugle. Un long visage brun à l'allure affamée, toujours une écharpe rouge traînant sur une épaule, comme l'Ambassadeur ou les meneurs de syndicats ouvriers... un goût assez courant chez ceux qui se veulent des leaders – dire que vous écrivez *lideur* dans votre dictionnaire en cours de réfection... les mots nouveaux volettent sous la Coupole et vous n'entendez rien...

Renaud avait aussi une démarche vibrante, dédiée à la joie d'avoir une silhouette athlétique. Maintenant, il boitille, on doit lui remplacer la hanche par une prothèse ; quand il me l'a confié, il a ajouté, tout bas, « cela m'humilie » et, pour des mots pareils, je l'aime encore beaucoup. En voilà un qui rêve de siéger parmi vous, cela représenterait le couronnement de sa carrière et dès lors qu'il claudique, cela devrait aller ? Vous lui reprochez, peut-être, ses succès, ses éclats. Vous préférez les modesties affichées, celles qui trahissent un talent en veilleuse. Renaud est comme les papillons, il cherche la lumière, il veut les projecteurs, il s'est donné la troi siéme dimension, celle qui manque à la bourgeoisie cultivée : il s'est approprié un rôle resté vacant, le Sociologue de la réalité sans preuves. Il publie des livres qui se vendent en grandes surfaces, et qui ne veulent rien dire, *Comment apprendre à vivre lorsqu'on a tout oublié* ou *L'homme énigmatique.* Il est présent sur les plateaux de télévision, il a réponse à tout, une guerre tribale lointaine, l'anorexie après la ménopause, l'anniversaire d'un chef d'Etat croate. Il a su très tôt que pour gravir l'escalier d'honneur, il ne faut pas négliger la plus petite marche. Quand je l'ai connu, il entamait sa grimpette. Il venait de réussir à occuper un siège dans une commission éthique de seconde zone, « écologie, production et sabbat », ce qui ne me parut pas d'une logique implacable quand je découvris l'énoncé d'une conférence qu'il donnait à ce sujet, sur l'affichette placardée dans le hall de la Sorbonne. J'ai toujours aimé pousser les portes qui ouvrent sur l'inconnu.

C'était un soir d'hiver et l'amphithéâtre n'était qu'à demi rempli d'étudiants enrhumés, de jeunes filles qui prennent des notes avec fébrilité, de retraités en blousons mais cravates et quelques femmes du monde, de celles qui portent un solitaire et dont le visage a des teintes et des délicatesses de porcelaine. Renaud était assis de biais face à son public, son grand corps imitait une désinvolture juvénile, soulignée par l'écharpe rouge jetée sur une épaule mais deux rides profondes lui entamaient les joues, dénotaient la fatigue d'avoir toujours des affaires urgentes à régler. Quand j'entrai, il discourait sur « le processus de construction et de recomposition des identités ». Même à se casser la tête pour suivre un pensum aussi académique, personne, déjà, ne pouvait résister à Renaud. Penché en avant, il parlait comme si vous étiez seul à l'entendre. Sous d'austères lunettes rondes cerclées de métal, relevées sur son front, ses yeux sombres, persuasifs, balayaient les bancs, ils voulaient se saisir de chacun. Le sort les arrêta sur moi. Il fut cueilli par le regard d'océan gris (habilement rehaussé d'ombres mauves et de cils dessinés au crayon, comme de menus rayons de bicyclette) d'une jeune personne aux cheveux blonds descendant jusqu'aux reins, vêtue d'un long manteau noir. Mon portrait à l'époque – qui ne vous déplut point, j'y reviendrai plus tard.

1968 venait de passer par là, à coups de barricades, mais les retombées de l'époque Twiggy, la célèbre figurine de mode, format brindille, avaient donné leur chance aux silhouettes filiformes comme la mienne, enfin délivrées des critères d'opulence de l'ère Brigitte Bardot. Au second coup d'œil que je réussis à lui prendre, Renaud m'avait remarquée et je fus bien obligée de risquer une mesure approximative de la situation que je venais d'initier. Dès la fin des applaudissements, je fus dans les premières à me presser, pour le féliciter, au pied de l'estrade. Et je poussai mon jeu. J'éborgnai à demi ma voisine pour tendre vers lui deux mains pâles où scintillaient dix petits ongles nacrés. Je lui agrippai l'épaule pour l'attirer à moi et posai sur la sienne ma joue fraîche, irisée de paillettes – je traversais une phase d'efforts glamour soutenus, avec conseils de magazines féminins au complet. Ce qu'il en pensa ? «Tu n'avais pas une tête de femme fidèle.» Oubliant que j'aurais été attifée en dame de sacristie, il ne m'aurait pas vue. Il ne s'en tint pas là. L'esquisse de baiser qu'il posa, comme pour rire, sur mes lèvres, m'apprit tout sur le mirage qui surgissait entre nous. Je restai comme une idiote à le regarder fixement. Nous l'avons su aussitôt, le lien était créé. Renaud en fut troublé comme il n'aurait pas voulu l'être, lui qui avait l'habitude d'abattre des flopées de jeunes filles dans son jeu. C'était facile à voir, déjà, il ne me cachait rien. Il laissait venir à lui chacune des occasions possibles de flirt ou de liaison, il ne se souciait pas de distendre ou resserrer des attaches anecdotiques, il attendait vaguement de voir surgir celle qu'il pourrait épouser, sans gênes et sans devoirs. Pour faire carrière, mondaine ou politique, ne pas se marier est un désavantage. Il tomba amoureux avec une bonne foi totale. Il ne mit pas une heure à m'appeler chez moi. Après trois bafouillages, la petite dégourdie pleine d'aplomb que je me croyais être, supposée cacher des dessous affolants mais devenue tremblante, s'était éclipsée en bousculant tout le monde. A peine rentrée, je m'étais roulée sous ma couette, yeux fermés, doigts croisés, suppliant le Seigneur que Renaud me fasse signe et ne m'oublie jamais. A la première sonnerie, j'avais déjà décroché et j'entendis sa voix, suivie d'un long soupir : «Autant que vous le sachiez, je ne m'appartiens plus.» Je coupai la communication sans répondre, tandis que ma tête tombait sur mes genoux et que de mes propres mains, je me voilai la face.

Aujourd'hui encore, je rends grâce à Renaud de m'avoir tant séduite sans avoir su m'aimer. Qui d'autre que lui aurait pu m'aider à définir, avec une telle justesse, ce qu'est l'amour sans amour ? D'ailleurs, s'agissait-il d'amour ? Il revenait beaucoup sur la question, c'était un défi et un ordre. Relégué, le cabri, j'étais devenue une brebis à l'étable, prête à le suivre sur tous les terrains pourvu que j'aie mon foin. Je bêlais docilement : «Qui parle d'amour, ici?» Emerveillée d'une relation si neuve qu'elle ne ressemblait à rien, en effet, sauf à une attirance électrique dès que nos mains, nos yeux se rencontraient, s'arrêtaient, les siens cachant ses intentions, les miens, sans crainte. Je m'enroulais autour de sa taille pendant qu'il se lavait les dents. Je ne pouvais faire un pas dans le couloir sans me coller à son pantalon. Il se défaisait de moi en m'attrapant par les poignets, puis il m'emprisonnait contre lui, comme il se serait saisi d'une fillette impatiente qu'il faut raisonner : «Vous êtes trop fleur-bleue, et de la pire espèce, celle qui pousse en altitude, vous semblez ignorer que d'autres éclosent très bien dans la moraine.» Renaud n'a pas changé mais son discours est moins problématique. Il me confia un jour qu'il n'avait jamais réussi à attirer une idiote dans son lit. Aurait-il fait des progrès ?

Deux ou trois ans plus tard, au cours d'un repas de Noël élargi aux conjoints divers (soyons modernes), en découpant la dinde, les rides aux coins de ses yeux se froncèrent, il lâcha les couverts et, l'air faussement joyeux, attarda son regard sur sa juvénile épouse – celle qui m'a suivie de près, il en a maintenant une troisième, plus âgée par miracle, et elle le tient serré, elle a beaucoup d'argent – il lui fit, d'une seule phrase, piquer du nez dans sa serviette : «Vous êtes assurément une larve intellectuelle.» Tout cela pour un innocent égarement phoné-tique, elle avait cité une maladie *génitale*, au lieu de génétique, de la thyroïde, chez les habitants du Jura – ce qu'elle avait retenu d'un article «Santé» dans *Elle Beauté*, sa lec-ture favorite. Renaud a toujours vouvoyé ses conquêtes, légitimes ou non. Pour lui, chaque corps a une tendance naturelle vers un autre mais l'inclination peut varier et il proclame ainsi son irréversible disponibilité. «On vouvoie normalement les inconnus, ses supérieurs, et toute personne avec qui l'on n'a pas de lien étroit», définition du diction-naire.

J'attendais dans l'angoisse quand il ren-trait très tard et, si je voulais savoir ce qu'il avait fait pendant tout ce temps, il finissait par lâcher : «On a discuté et on a travaillé.» Pas de détails, cette réponse-là était sans appel. Le soir, j'entrais dans la chambre et je posais son verre d'eau sur la table de nuit, je dormais toujours dans l'une de ses grandes chemises à fines rayures bleues en retroussant les manches, je me penchais vers sa bouche mais il ne me rendait pas mon baiser. Il fixait le vague, son front brun tout plissé et il finissait par me demander si j'avais conscience que nous consentions à nous blesser l'un l'autre. Je ne répondais pas, alors il insistait : «Rappelez-vous, pas d'engagement, pas de promesses entre nous, juste un appel à l'aide impossible parce que ni vous ni moi, n'avons la capacité d'y répondre.» Pour moi, la recommandation était superflue, je connaissais la réponse depuis l'âge de 10 ans, que croyait-il m'apprendre? Comment compter sur qui que ce soit quand tout peut basculer en une minute, même au soleil, sur une petite route déserte? Si cela pouvait lui faire plaisir, je lui accordais volontiers mon consentement de principe sur la question. Je me blottissais dans ses bras, je respirais le nez enfoui au creux de son épaule et, un soir, cela me vint tout seul, je chuchotai : «J'ai envie que tu te maries avec moi et d'avoir un petit bébé.» Pour le rassurer, j'ajoutai très bas : «Avant que tu ne t'en ailles...»

J'avais manœuvré avec adresse, je commençais à comprendre le mode d'emploi et j'entendis, tout contre mon oreille : «Je ne suis pas si précieux pour être en droit de refuser.» Je l'eus, pour un instant, mon sentiment d'appartenance, elle était revenue la lumière d'allégresse qui s'était posée, un dimanche de juillet, sur un jeune corps sans vie. A peine le temps d'un battement de paupières, ce fut comme un éclair dans l'univers des petites âmes errantes qui attendent l'appel pour s'incarner en nous puis partir à l'heure dite, inscrite à leur naissance. Comme si j'avais su du même mouvement que le destin de chaque enfant est d'habiter un autre espace, de s'éloigner sans tourner la tête. Quitte à revenir quand il est tard. Trop tard, peut-être...

J'étais encore loin de me confronter à ce monde inconnu. Comme je restai sans voix et sans bouger un cil, Renaud me prit tout entière dans ses bras, ses lèvres contre mes lèvres : «Quand il existe entre deux personnes un millimètre de perfection, on peut essayer d'ajouter les 999 qui manquent pour faire un mètre, non ? » Il le dit si simplement, d'un ton si triste que je retins la réplique qui me venait à l'esprit : « Ce ne serait pas plutôt des kilomètres ? »

J'avais vu un peu court, quant à la distance. Renaud m'a quittée assez vite, pour une autre. Le petit bébé né de cette nuit heureuse est devenu un homme. Et c'est un continent qu'il a mis entre nous. Il a choisi le soleil qui brûle la peau comme une flambée trop proche et la pluie chaude qui vous inonde de sueur. Parfois, j'oublie qu'il ne faut pas entraver la liberté du voyageur en tirant sur la bride qui le relie à nous, je me laisse aller à une question téméraire : « Quand nous reverrons-nous ? » Il répond, par message électronique : « Namaste ji, je pense à toi 248 fois par jour mais tu dois être patiente, c'est compliqué de quitter l'Inde, on se décale beaucoup et je suis si bien ici que rentrer en France m'apparaît comme une punition. » *Merci. Je suis Mme Fouettard ?* En revanche, comme tous les fils aimés, il sait qu'il n'a pas la moindre raison de ne pas tenir pour acquise la présence inaltérable de sa mère : «Je t'en supplie, prends soin de toi, c'est ce que réclame ton corps et j'ai besoin d'avoir une maman qui pète la forme. *Il me faut gambader coûte que coûte jusqu'à cent ans et plus, dis-moi la vérité ?* L'hiver est comme une féerie. Imagine les ghats recouverts de brouillard, la brume filant sur le Gange, des musiques innombrables sortant de tous les murs et, au loin, les feux crématoires qui se mêlent aux lumières des offrandes. Et tous ces escaliers… Bénarès n'est pas seulement une ville allongée contre le fleuve mais une série d'escaliers. Des grands, des petits, des casse-gueule, des glissants, des qui-puent couverts de merde et même des propres – il y en a pour tous les pieds. Je ne peux pas abandonner Alia qui ne désirait pas aller en Inde, à cause de sa dépression, et qui s'est décidée dans le seul but de me voir. *Alia ? D'où sort-elle, cette Miss de la délectation morose ?* C'est Noël demain mais Bénarès est une ville majoritairement hindoue. Alia vient d'un pays où sa religion, l'islam, n'a rien de zen, elle passe la journée à pleurer, ce qui limite le sentiment de fête, et je suis très loin des états chrétiens, Goa, Kerala. Ici les Indiens comme moi-même se foutent du Père Noël et on comprend pourquoi. Que ferait-il avec sa barbe propre, ses habits rouges, cerné par les babas et les saddhus couverts de cendre, vêtus de lambeaux orange et ocre, le trident d'une main, un bol à offrandes dans l'autre, hurlant «Bom Shankar» sur son passage? Et où poserait-il son traîneau? Les toits sont le domaine des singes. Alia frôle les murs, les deux bras sur la tête, pour se protéger de leurs maléfices, «singe» est la pire insulte pour les musulmans. Et puis Noël n'a d'intérêt que pour les enfants, tu ne dirais pas le contraire, tu m'en as offert de si beaux quand j'étais petit... Hare om».

Je ne suis pas experte dans l'art de déguiser mes humeurs avec adresse. Je termine tous mes mails avec la même formule : «J'en ai marre de t'embrasser de tout mon cœur par écrit mais je continue.»

«Messieurs, a dit Julien Green lors de son intronisation, quand un écrivain vous informe, d'un air résigné, qu'il est dans l'obligation de parler de soi, ne le plaignez pas trop, il ne souffre pas beaucoup.» Un autre, le plus petit d'entre vous, celui qui se tient dressé sur ses talonnettes comme le coq sur ses ergots, la crête ébouriffée, et qui fait collection de gants roses en cachette – mais il reste aussi un traducteur d'inédits de Cicéron – a soutenu, lors de son discours de réception : «Un candidat qui, dans l'aventure, affirmerait qu'il n'a pas pensé à ses parents, céderait sans doute à la pudeur, permettez-moi de m'en affranchir.» S'agirait-il d'une figure imposée? Que faire? Je ne vous raconterai pas ma mère le jour où la friteuse à poulet lui a explosé à la figure, elle mérite une plus noble exposition. Les mères, et pour en être une j'en reflète à mon tour les faiblesses, l'indécente cruauté, sont toutes les mêmes. Elles constituent l'élément humain de la ciguë, elles distillent à leurs enfants une culture toxique, autosatisfaite, leur propre système D du bien-vivre et, en ce qui concernait la mienne, imprégnée d'une espérance dans un avenir meilleur toujours remise au lendemain. A cause d'eux, elles ne sont jamais au bout de leurs peines. Et elles s'arrangent pour qu'ils ne l'ignorent pas. Tout en gardant bouche cousue, c'est tellement plus éloquent. Je sais que, dans les rêves de mon fils, ma présence si lointaine pèse le poids d'une vache morte – d'autant que là où il est, l'animal est sacré. Dans un sac de voyageur, cela n'allège pas la démarche…

Ma mère, elle, mettait tous ses soins à tenir court les élans, multiplier les servitudes de la piété filiale : «Assieds-toi tranquille, tu es grosse comme une puce et tu tiens de la place comme une mule.» «Oui, tu peux sortir de table pour aller faire pipi mais tu auras une gifle.» Des broutilles, certes, mais c'était comme si elle s'acharnait à traquer les moments anodins pour les vouer à l'échec. Je l'ai quittée trop jeune pour avoir eu le temps de comprendre ses convictions, ou ce que celles-ci avaient provoqué en elle de blessures, pour lesquelles sa religiosité maniaque devait relever du pansement. Aujourd'hui, face à vous, je m'aperçois que je ne dispose que de maigres éléments pour lui rendre justice, adoucir son visage. Elle est partie comme je l'ai toujours vue vivre, les dents serrées, sans un mot qui ne fût pas formel, sans une plainte. Avec en ultime viatique, une malencontreuse étourderie de ma part, surgie du vent froid, de mon éloignement depuis de longues années et des ombres qui l'avaient toujours emporté entre nous.

Nous étions en novembre, et l'écrivain Jean Vautrin venait de décrocher le prix Goncourt. La gardienne de son immeuble m'avait avertie de l'état de ma mère, sur le point d'être transférée en service de réanimation. La moindre des politesses envers une personne qui m'avait mise au monde exigeait une visite, fût-elle de convenance. A la clinique Georges-Bizet, très chic et très chère, l'endroit où l'on meurt le mieux soigné possible à Paris. Une ambiance d'effroi, tant le silence y préfigure l'endormissement final. Une sœur à cornette me précède vers un étage «un peu spécial», dit-elle, le mot, en cette conjoncture, n'annonce rien de folâtre. Ses bottines de cuir grincent sur le parquet, le long d'un couloir fermé circulaire, percé de fenêtres intérieures, chacune d'elles révèle la silhouette en ressaut d'un gisant, bien rangé dans son compartiment, drap tiré au menton. Elle me murmure, avec des mimiques célestes de contentement, qu'à son chevet se trouve déjà son évêque personnel et qu'ils s'entretiennent de la Résurrection. Je découvre ma mère, le visage décoloré mais l'œil ferme, emballée comme un gâteau d'une feuille de papier doré et le pontife qui se signe, asperge d'eau bénite son front, ses épaules, ses mains, la sanctifie tout entière de prière humide. Peu importe, il me manque, sur l'instant, les mots propres aux salutations requises, je lui amène le dernier roman à succès, la vie est toujours là, qui n'attend pas, ma mère prendra encore le temps de lire, elle oubliera ses perfusions. Sauf que le livre que je lui jette sur les genoux, avec un sourire encourageant, s'appelle *Un grand pas vers le Bon Dieu*...

Pourtant, sous ses manières conventionnelles, ma mère était une pionnière. Des années avant que le monde ne connût son existence, elle expédiait chaque mois, par la poste, des mandats à une personne dont elle refusait de nous dévoiler l'identité, si bien que nous pensions avec ingénuité qu'il s'agissait d'une parente pauvre, à la réputation douteuse. Elle nous refusait tout commentaire sur sa photographie dans un cadre, sur sa coiffeuse, à demi cachée par ses flacons de parfum, ornée d'un petit drapeau vert et bleu, frappé d'une roue et d'un pont – le Pont de Kamen Most, emblème de la Yougoslavie. La pauvre Yougoslavie est morte officiellement en 2003, la même année que six de vos membres, tous valétudinaires, vous n'y allez pas par quatre chemins pour rafler les cercueils. La preuve, s'il le fallait, que vous n'appartenez pas au clan des imbéciles, ceux qui meurent trop tôt, comme les a qualifiés l'amie intime du jeune Kurt Cobain après son suicide. Ma mère révérait donc une femme voilée de bleu, au visage ingrat, au nez proéminent. Seule une poignée de fidèles, triés selon leur empressement aux offices, connaissaient son nom : Agnès Gonxha Bajaxhiu, dite « Mère Teresa » dont la sainteté n'en était qu'à ses balbutiements et la réputation, depuis Calcutta, ultra-confidentielle. Ma mère était très branchée sur les réseaux paroisses catholiques. Et puis, chaque dimanche, elle avait son coach de moralité à domicile, lors de notre déjeuner en famille. Elle l'avait connu jeune curé, au teint vif et blond, du village de sa maison de campagne. Il avait fini par être nommé évêque à Paris – après un coup de pouce de mon père, dont la banque d'affaires avait des accointances avec celle du Vatican. A l'époque, c'était lui qui avait béni les monceaux de fleurs blanches sous lesquelles on avait escamoté Claire. Affriolée par le capital d'indulgences diverses qu'il lui avait promises, elle était parvenue à le fidéliser à force d'oboles et de confessions rapprochées. Devant une table festive, notre prélat repu exhalait un ravissement suave, une odeur de sainteté. Sa longue robe, sa bague, son camail violet, son chapelet de grains d'olivier, garantis Mont Thabor, le mettaient à l'écart de la moindre suspicion de virilité active. Ce que Dieu prenait d'une part – le suivi économique de Mère Teresa – l'Evêque le rendait au centuple à ma mère, par le discours muet de ses yeux d'un bleu inaltérable, où le regard de cette fidèle croyante se noyait, comme une amibe sans défense dans une flaque marine.

L'évêque autorisait ma mère à se consoler avec les malheureux de l'autre bout de la terre. Ceux qui étaient proches d'elle ne l'intéressaient plus. J'étais une petite fille inutile, jetée parmi des meubles, des objets qui racontaient une autre histoire pour elle, une histoire passée dont elle n'avait toujours pas compris la fin. Après l'accident, mon père avait pris l'habitude de disparaître pendant des semaines, lui aussi semblait oublier son existence ancienne. Parfois, cependant, il venait m'attendre à la sortie de l'école, je cherchais sa main, je l'agrippais dans la mienne et il la serrait fort. Il se trompait de cadeaux, il m'apportait un livre d'enfant dont je n'avais plus l'âge, ou bien il me nouait une serviette autour du cou, comme si j'avais quatre ans, pour m'exhorter à finir la pâtisserie à laquelle je n'avais pas touché. A d'autres moments, j'étais tirée du sommeil par la présence immobile de ma mère au pied de mon lit, drapée toute droite dans son déshabillé de satin blanc. J'allumais la veilleuse, je me dressais d'un bond, je n'osais

pas ouvrir les yeux, je sautais une respiration, j'y croyais à chaque fois pour une
minute : le temps des baisers, de la chan-
sonnette du soir «je te tiens, tu me tiens par
la barbichette» et des rires étouffés pour ne
pas recevoir une claquette revenait. Je ne
connaissais pas encore le terme d'agent inhi-
biteur mais cela ressemble à ce que je devais
représenter pour elle. Ses yeux presque aussi
bleus que ceux de l'évêque prenaient d'abord
un éclat minéral qui se perdait au loin puis,
une brume dormante les nimbait de douceur, ils se posaient sur moi comme s'ils
gagnaient une halte sans s'avouer vaincus.
J'avais le sentiment de m'effacer de sa vue,
ce qui ne contredisait pas beaucoup l'idée
que je commençais à me faire de l'avenir.
Elle venait vérifier ma présence ou, plutôt,
une absence qui la hantait même aux heures
les plus profondes de la nuit. J'étais cette
absence. Je lui ai au moins servi à cela. Au
fil du temps, elle a atténué les variantes qui
traduisaient son chagrin inguérissable. Plus
d'une fois, dans le long couloir qui traversait
notre appartement, lorsqu'elle se croyait
seule, je l'ai surprise à lâcher un vent – épi-

sode impensable chez elle – et marmotter :
«Je me demande ce que serait notre vie si ma
petite fille était encore là.» J'avais envie de
pleurer pour elle mais j'avais, de longue date,
résolu ce problème en crispant les doigts de
pieds dans mes chaussures. Je l'entendais
sans qu'elle le sache, essayant de maîtriser
l'image suscitée par ses mots. Je n'étais pas
murée dans la solitude ou la tristesse, je rabâ-
chais un seul mot d'ordre dans ma tête de
gamine : Grandir. Chaque centimètre que je
gagnais était marqué d'un trait de crayon à
l'intérieur de mon placard. Le tracé d'une
courte échelle qui menait à la liberté.

Pour le reste, afin de ne pas donner prise
aux ergoteries critiques, je m'appliquais à
observer les horaires qu'elle imposait et à
respecter le consensus quant aux lois fonda-
mentales du lieu : je ne téléphonerai pas sans
permission, je finirai mon assiette, je ne sor-
tirai pas de la maison sans lui avoir dit où,
quand et comment je ferais usage de cette
liberté sur parole. J'y avais ajouté une clause
personnelle : je rembourserai la totalité de
l'argent que je vole dans le sac de ma mère
– encore que je ne m'en sois pas sentie

très coupable, eu égard aux sommes qu'elle adressait à Mère Teresa et détournait ainsi du budget familial.

Grandir, c'est vraiment long pour tout enfant qui se respecte. J'ai attendu sept ans. Claire s'était évadée par la route et je cherchais la mienne. Pour l'emmener avec moi, qui sait ? Nous nous étions promis de partir ensemble. En future héroïne d'aventures inconnues, j'avais amassé un viatique, en petites coupures et pièces de monnaie, caché, comme il se doit, sous le réservoir de la chasse-d'eau. Un jour que rien ne distinguait de l'ordinaire, j'oubliai de me dandiner devant ma mère et d'arborer un sourire de niaise comme à chacune de ses sommations : « Tu vas me ranger immédiatement ce bazar. » Par exemple.

Baudelaire avait sollicité vos suffrages, avant de retirer sa candidature, afin de prouver à la sienne qu'il n'était pas un bon à rien. Aucun événement n'aurait pu convaincre la mienne du contraire. Jusqu'à aujourd'hui. Même si l'avis des familles n'est pas sollicité en ce lieu, elle n'aurait pu se retenir, elle se serait levée avec grâce de l'une de vos chaises moulurées dorées, elle m'aurait coupé la parole, «tais-toi, je te prie, quand je parle». Elle vous aurait exprimé une gratitude sincère, ses mains délicates désormais chiffonnées jointes à hauteur du cœur sur son long vison noir, son doux petit visage pareil à un automne qui ne veut pas finir : «Vous lui offrez une seconde chance, même si nous savons qu'un accident est vite arrivé. Merci…» Je ne lui ai jamais dit «merci», sauf par politesse.

On ne peut pas prévoir l'instant précis où le pouvoir change de camp. Pour la première fois, je ne lui ai pas répondu. Je lui ai tourné le dos. Claire était-elle venue à ma rescousse? Soudain, il était l'heure d'aller voir du côté de la Patronne invincible de mon enfance, Mère Teresa.

Je n'avais pas de permis de conduire mais, le soir même, j'avais détourné la voiture de Papa. Souvent, il m'avait laissé le volant, assise sur ses genoux. Une Peugeot 403 décapotable et grise, comme celle de Columbo (pas encore à l'écran), qui avalait son litre d'huile aux cent et avait bénéficié d'un don d'organe Mercedes pour les pistons. J'avais esquissé une tentative pour éviter un choc brutal, sans indice préalable, à mes parents. J'étais entrée dans le bureau de mon père, je lui laissai une chance de refuser, de s'inquiéter pour moi, je lui avais demandé d'une voix pas trop assurée : «Tu me rendrais un énorme service, tu me prêterais ta voiture?» Je me forçai à croiser son regard, ses yeux ressemblaient à ceux d'un écureuil, vifs mais peu vigilants. Il avait eu un drôle de rire presque muet sous sa moustache : «Petite malheureuse, va...» Que voulait-il dire? J'avais déjà la main sur la poignée de la porte et la gorge serrée : «Ça ira, tu crois?» Il avait replongé le nez dans ses papiers. Sans plus me regarder, il fit signe que non.

Mon père a toujours été fatigué à l'avance d'une solution qui ne revînt pas à se taire.

Je regrette sincèrement d'apparaître aussi vieux jeu que vous autres en évoquant une notion d'un autre âge mais, de ce jour-là, m'est resté un sentiment de trahison. En abandonnant mes parents, je les enterrais bien avant qu'ils ne meurent, décidée à ne jamais revenir, et sans leur dire adieu. Ils n'avaient pas cinquante ans.

J'ai su, plus tard, qu'ils avaient pris le temps d'apprivoiser le compte à rebours, après mon départ, quant à leur avenir. La gardienne, décidément confidente de ma mère, m'a raconté leurs démarches chez le notaire, l'opiniâtreté avec laquelle ils décidaient l'usage de leur argent et la façon dont ils m'avaient sortie de l'héritage en appliquant le minimum successoral. J'ai été impressionnée par leur authenticité. Ils m'ont tout épargné. Je n'ai pas eu à éprouver la gêne de les délaisser, le remords de trouver encombrants leurs corps qui s'envelopperaient d'attitudes molles. De les regarder peu à peu marcher d'un pas traînant, épaules fléchies, le dos rond comme une bosse. J'ai ignoré s'ils s'étaient compromis dans ces croisières de plaisance réservées aux seniors, entre Ithaque et la Céphalonie, celles qui mettent Grand-Père en short et l'envoient au dancing, tandis que Mamie lorgne vers Zorba le Grec et prend un coup de chaleur. J'ai appris, en revanche, que mon père se précipitait chaque matin en buvant son café sur le «Carnet du Jour» du *Figaro*. Il découpait les avis de décès d'amis presque gommés de sa mémoire, plutôt émoustillé de se compter au nombre des survivants de son lointain service militaire. Le sort commun veut que le paysage s'appauvrisse quand s'accumule le nombre des années, mais personne ne fait un drame d'un potager dont les concombres et les navets montrent des fanes décolorées après avoir fructifié. Je n'ai pas vu mes parents flétrir sur pied. Ils ont gardé leur dignité.

A l'heure où ils commençaient peut-être à se demander où j'étais passée, j'avais embarqué pour la route deux garçons dénichés au pied de la fontaine Saint-Michel. Deux vieux de vingt-trois ans, des joueurs de guitare qui vivaient de monnaies jetées dans une soucoupe, Matthew et Richard. Matthew avait aussitôt sauté sur ses pieds et mis sa musique à l'épaule, sans trace d'hésitation. Richard avait dit, en lorgnant la jupe qui me tombait sur les hanches et qu'on aurait dite tachée de peinture noire (l'imprimé imitait des zébrures), le zèle aussi avec lequel je m'étais enduite de rouge à lèvres : «J'ai failli être ébloui.» Bien sûr, le coup de la voiture les avait emballés. Quant à moi, le hasard s'était montré très favorable. Mes deux aspirants à partager l'escapade étaient bien partis pour courir le monde mais, en aucun cas, les filles. Jamais je n'aurais à prendre l'air absent devant certaines remarques ou regarder partout avant de m'accroupir derrière un buisson. Et ils avaient leur permis de conduire.

Déjà, à la sortie du bois de Vincennes, les arbres scandaient l'air chaud d'un vert plus vif. Une élémentaire prudence nous incitait à franchir au plus vite la frontière, pour ne pas être rattrapés par un éventuel signalement de vol de voiture et nous avons roulé sans compter les heures, avalant les nuages rapides qui voguent dans le ciel nocturne, au-dessus des nationales, jurant que nous ne pourrions nous en rassasier et chantant en chœur, sur tous les tons : «Non, rien de rien, non je ne regrette rien...»

Nous avons quitté l'Italie par Trieste, sans un regard pour la cime austère des Alpes Illyriennes qui évoquent l'ingénieuse invention des chapiteaux corinthiens – on s'en fiche complètement quand on a dix-sept ans. La nuit, nous nous réchauffions comme une portée de chiots, imbriqués tous les trois sous notre unique sac de couchage, de préférence près des postes à essence, ou alors en plein champ, pour éviter les occasions officieuses de nous faire dépouiller.

A l'aube du cinquième jour, en Bulgarie, nous avons été réveillés par des paysans barbus, armés de fusils, l'air plutôt menaçant. A la fin d'un long palabre où nos mains, nos poches avaient été retournées, ils nous offrirent du pain, des raisins. Puis, avec de grandes accolades et mimant des bravos, ils poussèrent notre voiture sur la route défoncée, après nous avoir aidés à combler quelques trous avec des branchages.

Tant d'années plus tard, ce premier voyage demeure en moi comme un sillage irréel, presque d'incrédulité. La veille, un douanier serbe, dans une guérite, avait lanterné avant de nous rendre nos passeports : «Prroblem»... A peine franchie la démarcation avec la Yougoslavie, il n'a pas mis trois heures à nous sauter aux yeux, le problème. Il y a eu soudain une éclipse de ciel bleu. Nous avons dû rouler au pas, la tête à la portière, sur la petite route de Gasi-Baba, je me souviens du nom, qui surplombe une corniche et descend en épingle à cheveux. Plus bas, quelques minarets ont commencé à percer une lourde brume, certains décapités. Plus nous avancions, plus il nous semblait lutter contre un sommeil profond. Nous devions contourner des machines agricoles, des charrettes renversées, des vaches mortes, pattes en l'air et ventres éclatés. On se serait crus sur une face chavirée de la Lune. Pas un être vivant, pas un souffle d'air, pas un seul cri d'oiseau. Sans orage, sans pluie, le ciel était tombé très bas, couleur de glaise. Il recouvrait par pans entiers des murs fantômes, certains soutenaient encore une épave de lit, une frange de papier peint, un lustre à demi décroché. En travers des portes dégondées, de grandes croix à la peinture jaune, qui voulaient dire «typhus», nous ne le savions pas encore. La chaussée, par endroits, se ridait comme de l'eau. Nous étions le 2 ou 3 Août 1963. Une semaine après le tremblement de terre de Skopje. Mère Teresa n'avait même pas laissé

94

un scapulaire dans les décombres. Elle avait déjà pris la nationalité indienne depuis quinze ans. J'aurais pu me renseigner.

«Le temps se dilate ou se contracte, pareil à une gomme que l'on mâche», a dit votre petit sociétaire, l'adepte de Cicéron, en prenant place parmi vous. C'est vraiment une image malheureuse, à peine digne du cours élémentaire quand la maîtresse demande aux élèves, en première rédaction : «Ecrivez à quelqu'un de votre famille». A 8 ans, mon petit garçon a fait mieux que votre exégète de la conjuration de Catilina, ce jeune dépravé prêt à tout pour satisfaire ses ambitions. J'ai gardé la feuille de papier quadrillé. Je n'ai pas besoin de la relire. Elle est ineffaçable pour moi. Le rôle des mères est si prévisible. Ces mots écrits par un enfant me rappellent notre certitude crâneuse quand nous décidons de mettre au monde un nouvel habitant, celle-ci fût-elle exprimée par notre mémoire archaïque. Les enfants savent tout sans le savoir, par chance, ils l'oublient sur-le-champ, ce n'était qu'un devoir, à remettre à l'école :

« Quand tu liras ces lignes, je serai loin. Loin de toi et loin de tout. Si je suis parti, c'est pour fuir ce monde, qui est le tien, qui est le mien, qui est celui de tous les gens. De tous ces gens pleins de haine et qui le disent avec fierté. Je suis contre cette haine mais elle est indestructible parce que la détruire serait détruire la Terre. Alors je te lègue cette lettre, qui est le seul objet m'appartenant. Car maintenant, je suis partout, je suis nulle part. Je suis dans l'eau, je suis dans l'air, je suis dans l'univers. Et mon dernier adieu sera pour toi : Salut. » Sa copie avait reçu la meilleure note. Je m'en étais donné une très mauvaise. Ce même jour, à la vitrine d'une librairie, le titre d'un nouveau livre m'avait sauté aux yeux : *L'amour n'est pas aimé*. Je l'ai pris à mon compte. Les mots restent capables de renouveler d'anciennes vérités, même si elles ne nous appartiennent pas. Et le destin se révèle alors que nous ne lui ressemblons pas encore. Qui pouvait savoir que mon fils partirait un jour à l'autre bout du monde ? Lui, peut-être, à 8 ans. Ainsi naissent et s'enfoncent les racines de notre savoir adulte.

Parmi les gens de ma génération, ceux que j'ai aimés reposent à peu près en paix dans ma mémoire mais j'ai encore, avec eux, des comportements qui datent du temps où nous avons été heureux. Il m'arrive trop souvent, la nuit, dans mes rêves, de m'approcher tout doucement de Victor. Il est assis en silhouette perdue sur le petit banc de pierre du jardin. Il me tourne le dos, son dos si maigre qui m'émeut tant et je marche sur la pointe des pieds, j'entoure ses épaules de mes bras et je murmure, la bouche contre les courtes mèches brunes de sa nuque : « Je suis venue te dire que je vais bien. » Sa main vient se poser sur la mienne et il me dit : « Je suis content, nous allons nous revoir bientôt. » En présence l'un de l'autre, chacun de nos gestes engendrait chaleur et bien-être, une langueur paisible s'installait dans nos veines. En sa présence, j'étais toujours en train de m'installer confortablement, de me lover dans un fauteuil, de laisser une cheville se balancer sur l'accoudoir. Face à Karl, je ne me départis pas de cette habitude élégante et vide, croiser les jambes. Victor promenait un doigt sur mes lèvres tandis que je l'écoutais. Les mots qu'il disait semblaient circuler dans mon corps comme si parler ensemble était aussi une expérience sensuelle. Je savais que les autres hommes s'y prenaient différemment avec moi. Il y a un terme pour cela. Un terme que moi seule me condamnais à ignorer. Je suis heureuse d'avoir connu Victor, même si je l'ai perdu à jamais. Il y a eu des signes avant-coureurs, de ceux qui ne prennent leur sens qu'avec le temps. Le premier me reste comme une vision captive, jaillie du réel, un instantané pris au soleil. Victor et moi y figurons épaule contre épaule, dans la chaleur d'août qui enfonce par l'embrasure d'une porte étroite une gerbe d'or dans l'entrepôt d'un brocanteur. Victor promène un sourire narquois autour de l'objet de son choix. Dans une minute, deux petites phrases seront dites, sans que nous y prêtions attention. Dans une minute, Victor commencera à ne plus dormir la nuit, ses orbites se creuseront, sa voix aussi mais je ne serai plus là pour l'entendre. Malgré tant de souvenirs qui, ceux-là, furent bénis, malgré la douceur et la lenteur de cette lumière d'été, quand je pense à lui, Victor ne cesse pas d'ausculter une chaise roulante dont l'armature de chrome est piquetée de rouille, les roues voilées, le marchepied fendu. Le méchant siège de moleskine, crevé par endroits, montre des échappées de crin, obscènes comme des poils noirs. La chose n'a rien d'une antiquité, pas même sa date de fabrication, qui remonte, à vue d'œil, aux années soixante-dix. Ce n'était pas non plus une curiosité, comme le tableautin au cadre argenté que j'ai déniché à ce moment précis, sans doute pour me consoler du chagrin qui s'annonçait à notre insu et surviendrait de façon imminente : un collage ingénieux de billets roses et verts de la Loterie nationale, émis par la République française, le jour exact de ma naissance. Le charme de ce genre d'objet tient d'abord à ce qu'il induit un temps révolu, dont il n'est plus qu'une sibylline résurgence. Aurais-je gagné le gros lot, à l'époque ? Il m'est tombé dessus ce jour-là, bien que je ne puisse dire que je fus une heureuse gagnante. L'objet qui absorbait l'attention de Victor était donc un fauteuil que le passé ne pouvait doter d'attrait ou de mystère. Il accusait, au contraire, son lot de traîne-misère. Ce modèle de base des hôpitaux exsudait la moiteur et la crasse dans la torpeur d'août, exhalait cette résignation particulière, celle qui est l'autre face du désespoir, affirmait plus qu'il ne la suggérait l'incontinence de l'infirme dont la tête ballante sur un cou amaigri dodeline sur des épaules saillantes. Il disait aussi les jambes mortes qu'il faut soulever à pleins bras, malgré leur insupportable légèreté, pour les placer à l'équerre de l'appui. J'ai su, dans un éclair, que cet univers ralenti serait le nôtre. J'ai su aussi que nous ne le partagerions pas, il ne nous réunirait que par l'identique cruauté de l'absence. J'ai bien sûr aussitôt chassé cette pensée loufoque, j'ai dit à Victor : «Pourquoi veux-tu acheter une mocheté pareille ?» Il a répondu, me jetant son bref sourire amer : «Parce que j'y finirai mes jours.» C'étaient celles-là, les deux petites phrases. A se demander, quand on raconte n'importe quoi, si ce n'est pas la vérité qui lance un avertissement.

Autant de corps, autant de langages. Avec Victor, ce sont ses mains et ses grands yeux lourds qui me reviennent inchangés, une sensation tactile sur ma peau, un bien-être charnel, accru par le chant métallique des cigales, ce refrain de l'été, grâce auquel je lui avais pardonné depuis longtemps sa manie agaçante de se mettre en slip sur les pâquerettes pour bronzer dans les parcs publics. Ou encore de rentrer à l'heure du petit déjeuner, de s'ébrouer comme un poussin tout juste sorti de sa coquille, après sa douche, en enfilant son peignoir jaune puis de siffloter en me lançant, alors que je n'avais rien demandé : « Qui était-ce, hier soir ? Je ne sais pas, il m'a plu sans nom. » Moi, je savais : un laveur de carreaux, un liftier, un dentiste, un coiffeur célibataire, un agent de police... Je n'empiétais pas sur son territoire saturé de fantasmes, que vous autres qualifieriez de « transgressifs ». Il m'avait donné une excellente raison pour cela : « Préférerais-tu que je te désire moins ? »

Nous avons embarqué la chaise roulante dans son antique 2CV maquillée en 4×4, banquette arrière et portes enlevées. Soudain dépouillés des mots. Pendant tout le chemin du retour, nous avons achevé de murer la chose (qui brinquebalait) dans le silence, entre deux hoquets du moteur. Nous avions loué une petite maison de pierres sèches, proche des jas du Contadour. Une partie du toit de tuiles plates avait été convertie en minuscule terrasse dont le ciment ancien était couvert de lichen mordoré. L'après-midi finissait. Nous nous y sommes allongés sous un sombre roulis de nuages, liserés par le soleil couchant. Nous avons essayé de faire comme d'habitude. Victor a posé sa main sur mon front, puis sa tête contre ma poitrine. J'ai ordonné à mes bras de s'élever et de l'enlacer. Sans résultat. Nous ne pouvions plus nous rejoindre. Victor n'a pas voulu l'admettre. Il fit donc ce qu'il est convenu dans ces cas-là. Il entra dans moi avec une application querelleuse, se retira très vite par consentement mutuel, se releva pour pisser derrière le muret, se recoucha contre moi. Nous attendîmes que la colline bascule dans le crépuscule. Je demeurai immobile et vide jusqu'à ce que sa respiration devienne régulière dans le sommeil. J'ai dû m'endormir à mon tour. Je n'ai pas revu Victor.

Sauf une fois. De loin. Quelques mois plus tard. Dans sa machine à dépérir, roulée par un jeune Asiatique dont les cheveux noirs, huilés, luisaient. Et une belle petite gueule. C'était rue Saint-Vincent, proche des vignes de Montmartre et de la place étroite où la statue du Passe-Muraille tente d'échapper à la pierre mais reste prisonnière, une seule jambe et deux mains semblent appeler à l'aide. Le garçon paraissait tout joyeux de remonter la pente sur les pavés disjoints et pas trop soucieux d'amortir les cahots.

Victor n'était plus là quand je me suis réveillée. La 2CV et la chaise non plus. Il avait laissé un mot, posé sous la carafe d'eau, sur la paillasse de l'évier, au frais sur la pierre sombre : «Désolé. Je ne t'entraînerai pas vers la neige, le froid, la solitude. Sur ma tombe comme dans ma vie, il n'y aura pas une ligne sur le printemps.»

Vous qui vous faites fort de savoir tous les mots, vous ignoriez celui-là, «sclérose latérale amyotrophique». Si elle pouvait atteindre un oiseau, on dirait qu'on commence par lui couper les ailes, puis les pattes, ensuite, on lui cloue le bec, il ne pourra plus chanter, plus picorer. Plus respirer. Vous connaissiez tous Victor, c'était un critique influent, il n'avait pas dissimulé que seule votre brillante existence sociale l'obligeait, de temps à autre, à traiter vos œuvrettes dans ses chroniques. Quand le bruit de sa maladie s'est répandu, il vous est apparu naturel que ce fût le sida. Vu ses mœurs vagabondes. Victor opposa à la rumeur un démenti qui ressemblait exactement au petit rire amer qui lui revenait devant chaque occasion cocasse. Le test HIV avait été négatif : «Vous le saviez déjà, je n'ai jamais été capable d'être positif.» Il avait interdit mes visites. Je lui ai envoyé un mot : «Rien ne peut empêcher que je sois avec toi pour toujours. Laisse-moi venir, je tiendrai ta main tout le temps.» Sa réponse en retour ne pouvait souffrir aucune contradiction : «Ta main est trop petite.»

Cependant, comme l'histoire de chacun est un roman en soi, vous n'avez pas résisté à la règle qui demande, au dernier chapitre, qu'elle soit anéantie. Ce fut lors d'une soirée prestigieuse, dans les salons de l'Hôtel de Ville, pour la Commémoration universelle des Droits de l'Homme. Dans la montée du grand escalier rouge, je m'empêtrai un peu dans ma longue robe noire et butai malencontreusement sur l'un d'entre vous dont les pas empêchés ralentissaient l'allure. Je ne m'excusai pas, je n'en eus pas le temps. J'entendis : «Laisse passer, c'est la femme du pédé.»

Karl, au moins, ne se demande jamais quel rôle il m'a attribué dans sa vie. Lorsqu'il sort de la salle de bains, une grande serviette-éponge blanche nouée autour des reins, il affiche un sourire flatteur, l'air de dire : «C'est bon de se retrouver ensemble.» Il a gardé une estimable carrure et des jambes à peu près musclées d'ex-jogger. Habillé, vu de face, il demeure très séduisant, on ne voit pas le coussinet circulaire de son ventre, qu'il porte en pointe, comme celui d'une femme enceinte. Le mien est presque creux, entre les os minuscules de mes hanches et semble menacé d'un proche effondrement – une récente découverte dans le miroir. Cela fait naître une inhibition, nouvelle pour moi, dans nos rapports, et le recours pathologique à une forme de soupçon, comme si la nature me préparait encore on ne sait quel traquenard. Soupçon qu'une personne raisonnable aurait intérêt à transformer en certitude. Dans ce domaine, Karl m'est d'un grand secours. Sa présence m'oblige à m'ancrer peu à peu dans la réalité. Tout comme lui, je suis en train de passer dans la catégorie vétérans, quelle corvée. J'essaye de lui sourire en retour pour lui montrer que je partage son bien-être mais je sens bien que je ne réussis qu'une crispation des trismus, il le voit et il me lance un drôle de regard. Il s'étend à nouveau contre moi, il passe sa langue sur ma hanche, ce n'en est vraiment plus le moment pour mon goût, et il se met à parler. Au plafond. De lui-même, son sujet favori. Comme beaucoup d'hommes de son âge, il a une prédilection pour ses anciens exploits. Une forme de dédommagement envers l'étroite monotonie devenue son quotidien. Il a été l'un des premiers, en France, à introduire le Rockabilly, un retour à la naissance du rock'n'roll et aux pionniers qui ont marqué cette époque, Bill Haley, Elvis Presley, Chuck Berry, Carl Perkins et d'autres, moins confirmés. Il a tenu, une quinzaine d'années durant, une rubrique «Back to the fifties» dans un quotidien, qui prônait avant tout le principe de défiance envers les politiques, désormais inféodé à la nouvelle éthique : l'urgence du changement et soutien au pouvoir en place, peu importe lequel, à condition que les salaires ne soient pas de l'argent de poche – son principal actionnaire est maintenant une grosse banque privée. Du temps de Karl, dans ce journal, le grand chic était de s'habiller en noir et de ne pas voter. Quand il est fatigué, il lui remonte aux coins des yeux un air sombre de rebelle très engageant, aux méplats intéressants, même si le cou dégringole en fanons – mais il se défait rarement d'un petit foulard de soie. Le plus souvent, je baisse au maximum la lumière, j'ai peur des tavelures, des muscles affaissés sous la chair qui ballotte, d'un kyste mou sur son épaule, ces cassures de l'âge, tel un destin contagieux. J'espère qu'il ne peut pas deviner ce qui me traverse l'esprit, il remarque juste que je le regarde fixement et il renoue avec la mélopée bourdonnante qui ravive ses vieux souvenirs. Ella reprend sa place dans le paysage. Comme beaucoup d'enfants de familles aisées, ils vivaient de trois sous et cinq pesetas. Ils louaient à l'année une finca délabrée, Cala Salada, au nord de San Antonio, l'île n'était pas encore un dépotoir à touristes et richissimes drogués, envahie de béton à haute teneur en luxe et de garçons bronzés à frôler la négritude, porteurs d'un string de strass entre les fesses. Ils avaient gardé assez de jugeote pour ne pas s'inféoder aux Beautiful People dont la police de Franco traquait la nudité sur les plages de Las Salinas. Karl tournait autour de l'idée d'ouvrir une école de composition musicale, avec des préceptes libres, inspirés de l'école de Nashville : «Récupérer un savoir livré à quelques privilégiés pour le donner à qui veut le prendre.» Karl en parle avec un accent résigné, comme s'il se reprochait d'avoir été heureux. Il me fait penser à Renaud qui, la veille de son troisième mariage, a dit à notre fils : «N'oublie jamais, le bonheur c'est toujours un peu ennuyeux.» J'espère pour lui qu'il s'ennuie beaucoup. Il avait déjà bien commencé avec celle qui m'a suivie, une demi-blonde rêveuse, une collectionneuse époustouflante de cuissardes et petits hauts serrés, la fanatique de *Elle Beauté*, magazine grâce auquel elle lâchait peu d'incongruités. Devant une flambée dans la cheminée, son joli regard doré s'attardait, pensif, elle murmurait : « Le feu brûle. » Rien à redire… Karl poursuit son récit en y ajoutant la mélancolie que lui inspire la dislocation du modèle ancien des villages et de la vie rurale. Avant de serrer son mari dans ses bras, Ella lui annonçait qu'elle avait préparé un poulpe grillé à l'étouffée sous la braise et du jeune blé à l'encre noire. Et puis la nuit tombait, claire et limpide et ils savaient tous deux qu'après eux, s'ils se quittaient un jour, il n'y aurait plus rien. Plus personne…

Je voudrais comprendre pourquoi, dès qu'il est question de partager un oreiller avec quelqu'un, on se croit obligé de raconter sa vie. Et de préférence, les morceaux choisis, comme un menu d'exception dont on se soucie peu de sauter les hors-d'œuvre. Quant aux convives divers qui l'auraient apprécié, ils ont pour la plupart déserté, happés par un gendarme invisible. Le portrait de Karl en jeune homme, précurseur des régimes bio, avec sa pléthore d'espérances avortées, ne m'aide pas à digérer ses ruminations du passé. Il me met les larmes aux yeux tellement je réprime de bâillements. Mon pied commence à s'agiter, mes bras à se croiser et se décroiser. Je décide de me lever d'un bond et de filer par la fenêtre mais je me rappelle qu'elle est condamnée, la crémone est tombée. Donc, je vais rester, je ne bougerai pas, la bienséance et mes nouvelles résolutions exigent que j'apprenne à m'ennuyer sans piaffer. Karl finit par se taire, grand corps au bord de la décadence physique, à l'érection incertaine, livré au demi-sommeil, compagnon occasionnel trop charmant pour être heureux. Pour me racheter, à mes propres yeux, de mes mauvaises pensées, je prends une honnête décision : je ne surnommerai plus «phallus impudique» le membre viril de Karl (une fausse morille qui attire les mouches), ce qui le ragaillardit pourtant en général sans tarder.

Face à vous, au fil des mots, je commence à éprouver la douceur de parler comme si chacun, ici, était la seule personne que je connaisse. Encore que certains aient tant de fois levé les yeux au ciel. Ou regardé leurs mains en inspectant leurs ongles. Ou toussoté sur un ton sépulcral et crachoté dans un mouchoir. Certes, je me suis laissée aller à oublier l'opacité de règle, lors des séances publiques où vous accueillez vos récipiendaires. « Si objection vous aviez, d'ailleurs, la situation dans laquelle vous vous trouvez aujourd'hui vous obligerait à la garder pour vous. » Cette emphase, caractérisée par sa disgrâce (franchement, la phrase n'est pas jolie, jolie), appartient à l'un de vos derniers entrants, dont j'ai parcouru sans sauter trop de lignes les discours, afin de tenter d'y conformer le mien. Pierre Benoît disait que les mots se devaient d'obéir à ce qu'il en avait imaginé. On vous dit habilités à être les juges éclairés de leur bon usage. En seriez-vous devenus les cerbères ? Il n'est pas facile d'adopter vos conventions oratoires, disposées avec un soin maniaque, comme pour satisfaire d'exigeants fétichistes, dès qu'il s'agit d'évoquer des paysages où le regard se perd, des êtres dont l'étreinte ne se referme plus que sur le vide, alors que vous êtes limités au gouvernement des corps immatériels, corsetés d'une syntaxe de plomb.

On ne revient jamais d'un long voyage, serait-ce pour atterrir Quai Conti. «Mesdames, messieurs, vous me pardonnerez une confidence, si elle a un rapport avec votre Compagnie.» C'est encore votre petit cicéronien qui l'a dit. Décidément, il est peut-être le plus sympathique, le seul à faire état de légères inquiétudes. Il admet que l'on puisse ne pas changer. Reconnaissons que ceux qui accomplissent l'exploit inverse sont rares. L'oubli n'existe pas. Il porte en lui sa mémoire particulière. Cela ressemble à un ruisseau qui serpente, et dont le parcours peut être longtemps souterrain avant de remonter à la surface, avec un babil assourdi. Karl et sa protection rapprochée, Ophélie, Ernest et Orlando font échecs communs depuis trente ans, leurs souvenirs forment le lien qui les a tenus ensemble, au cours de cet interminable effritement de leurs projets. Ils ont l'âge que doivent avoir maintenant Richard et Matthew, s'ils ne sont pas morts, ou ventrus, ou cardiaques. A moins qu'ils ne se soient transformés en vieux beaux, avec les cheveux teints et une ceinture lombaire pour maintenir leur prestance. Nous ne nous sommes jamais revus, tout a très mal tourné. Pourtant, il me revient une petite ritournelle presque muette, une dizaine de notes très douces sur la guitare de Matthew, il n'avait appris que le refrain : «La lune blanche, sur toi se penche et met du ciel dans tes cheveux.» Il la fredonnait incliné vers Richard, les paupières mi-closes. Assis en tailleur sur le sable, celui-ci s'appliquait à observer une posture contemplative, paumes en l'air posées sur ses genoux, mais il devait sans cesse repousser ses cheveux qui lui retombaient aussitôt sur le nez. C'était notre dernière halte de repos avant Skopje, et nous étions encore joyeux, au grand soleil de Varna sur la mer Noire, une plage qui s'appelait Sable d'or. La sécurité ambiante nous avait enchantés. Le régime communiste veillait sur nous. Nous pouvions dormir dans la voiture, les portières grandes ouvertes et les pieds qui dépassent, contre la clôture d'un camp de vacances pour travailleurs, entouré de barbelés et sentinelles

113

en armes, où les gens étaient appelés au réfectoire par sifflet. Matthew et Richard restaient yeux dans les yeux, sans fin dans la nuit éclaircie par l'aube qui montait, au coin d'un feu mourant nourri de trois débris de planches humides, les restes d'une épave. Notre campement était livré aussi à quelques chèvres étiques, attachées au piquet entre les touffes d'herbe rase qui tapissaient la dune. Il y avait encore une tombe, deux bouts de bois croisés, tenus par du fil de fer, une inscription à la peinture bleue «IRINA, 18», sur une très petite dalle presque ensablée où une âme attentionnée avait déposé un gros savon noir et un bout de miroir, comme si la jeune morte allait revenir tout de suite. Je les revois, assis sur leurs talons nus, sous leurs fesses nues, en train de s'empiffrer de lamelles de pastèque découpées au canif, riant aux éclats en s'essuyant la bouche d'un long revers de coude. Ou bien ils s'envoyaient l'un l'autre patauger dans la mer avec de grandes bourrades, ils battaient des bras pour reprendre l'équilibre puis ils perdaient pied et s'étalaient en gerbes d'éclaboussures. Avec le temps, ces petites scènes ordinaires prennent le goût mauvais du «jamais plus». Il faut vraiment être jeune pour y figurer sans produire l'effet d'un pavé dans la vague. Personne d'entre vous, sous cette noble Coupole, ne s'amusera plus à barboter dans l'eau, avec des cris de joie. Ici, nous sommes presque au bout de la route vers ce gauchissement des gestes les plus joyeux. Vieillir, a dit quelqu'un, c'est se laisser ravager sans résistance. Votre Compagnie offre une issue de secours : sur l'autel du pouvoir, vous sacrifiez les rêves, pour n'en garder que la gloire et des responsabilités dont plus personne ne veut.

Renaud, assurément, devrait vous convenir. Maintenant, à chaque anniversaire, il dit : «Ah, ne m'en parlez pas.» Interdiction de fête. Dans un sens, il m'est resté fidèle, malgré sa geôlière en tailleur Chanel qui, montre en main, exige le mode d'emploi de chacune de ses heures. Il arrête toujours son regard sur la petite blonde aux longs cheveux qui n'a pas l'air empoté et qui le boit des yeux. Elle ne doit pas dépasser vingt-cinq ans. Pas davantage qu'avec moi, à l'époque, l'entreprise ne lui réclame d'efforts immodérés. La première venue à ne pas avoir joué les difficiles – malgré ma présence débordante de convoitise supposée combler toutes les siennes – lui est tombée dans les bras. Elle y a été poussée par son propre père en salle d'embarquement d'un vol pour Antigua, compliqué d'une navette très aléatoire à l'escale de Saint-Martin : «Puis-je vous confier ma fille, elle est un peu tête en l'air.» Et voilà comment une jeune épouse passionnée (moi) se retrouve, au retour de l'élu, tombée de son nuage, quasiment divorcée. Renaud était parti donner une conférence sur la vertu, «dans la perspective d'une éthique de la liberté» à l'université Francisco Maroquin. Seule une aptitude innée à la clémence lui fit m'épargner les détails. Comment était-ce, là-bas? «Beau comme le lac de Côme, mais des volcans en plus.» Quant au reste, il me parvint par miettes, guère plus nourrissantes. *Sa* valise était pleine de ravissants bikinis. *Elle* croyait que les anciens accords de Camp David, qui avaient été signés entre Israël et l'Egypte, désignaient un

116

lieu privilégié de vacances. « Et puis, tu comprends, elle affirme qu'avec moi sa place est marquée sur la terre parce que nous sommes tous les deux Verseau. — Bien fait pour toi, lui dis-je, et tout le bonheur possible. »

Avec l'âge, l'écart de génération introduit dans ses pensées une note d'anarchie qu'il considère, sur l'instant, comme un don du ciel. Les années lui ont fait un autre cadeau, l'économie de tout pincement au cœur. Il cumule les instants de clandestinité flatteuse et puis, très vite, le moment du calcul, l'estimation globale des ennuis possibles. Il a un modèle exquis de lettre de rupture, toujours la même – il m'a consultée pour l'écrire : « Vous avoir rencontrée, quel soleil… » J'aperçois l'un d'entre vous qui dodeline avec enthousiasme, il esquisse une moue enchantée sous la frange de cheveux blancs qui couronne son crâne chauve. Quand je l'ai connu, il était chef de file d'un mouvement littéraire novateur et portait haut une longue mèche rousse en panache d'écureuil. Il faisait partie de ceux qui avaient salué mon premier roman. J'habitais encore une pièce mansardée, face à la Rotonde du parc Monceau, un piètre logement, une bonne adresse, j'ai toujours eu du flair pour m'épargner les compassions déplacées. On frappa. J'ouvris donc ma porte de service, qui donnait sur un couloir coudé aux tommettes disjointes, chichement éclairé d'une lucarne, pieds nus dans une petite robe de coton mal repassée, mon tuyau de Butagaz à la main. La présence de l'Illustre me laissa interdite, je balbutiai : « Il est percé, je l'ai testé avec de l'eau savonneuse. » Il ouvrit grand les bras, en avançant d'un pas, le sourire magnanime : « Qu'importe, je vous en offrirai un autre, en or massif. » Je dois reconnaître que vous m'avez assez vite adoptée.

A ma façon, moi aussi je suis restée fidèle à Renaud, si tant est qu'une courbe puisse s'inverser, tout en restant la même. Il était plus âgé que moi, les hommes qui lui ont succédé l'ont tous été aussi. (Si je ne prends pas la tangente, il ne me restera bientôt plus qu'à chasser la béquille, ou lorgner du côté des cimetières.) L'un et l'autre, nous avons souffert lorsque nous nous sommes séparés mais il a sans doute, comme moi, dissimulé un soupir de délivrance. Il avait pris très au sérieux son rôle de fauteur de divorce et versé une pension alimentaire, pour l'enfant, du double de celle décidée par le juge. Il n'y était pas de sa poche : sa générosité me faisait grimper, pour les impôts, dans une tranche supérieure et, pour sa part, descendre à l'inférieure. Avec, en prime, l'admiration générale quand j'indiquais le montant de ses largesses. Renaud tenait à montrer une attitude irréprochable. La musique la plus douce à son cœur est la symphonie des apparences. Il veut être récompensé avant qu'il soit trop tard. Et pour lui, « trop tard » c'est déjà demain. Après quinze ans passés à harceler les salles de rédaction des revues professorales – signer, c'est exister – il a entrepris une danse du ventre auprès des conseillers techniques qui utilisent l'Intellectuel comme contrepoids aux actes réels de leur ministre. Son nom est entré dans les listings de réceptions des cabinets, avec la mention « TS » (Très Signalé). Il n'a pas non plus traîné avant de s'user les pieds à frotter les paillassons de plusieurs doyens d'université mais, en bouquet final, il est parvenu au nec plus ultra dans son domaine : il dirige une chaire des identités culturelles au Centre de Sociologie Européenne. Un parcours brillant. Accompagné de bénéfices collatéraux non négligeables – il émarge aux « points cabinets » – et très discrètement imposables. Comme son automobile en leasing détourné, avantageuse pour le fisc. Une Porsche 911 à toit ouvert. Un nez de bœuf, une robe bleue de jeune fille, un spoiler rase-bitume. Une voiture de vieux.

(Promis, il prendra un taxi pour se rendre Quai Conti.)

Je me dois de vous prévenir que je ne suis pas très douée pour les adieux. Matthew et Richard ne l'étaient pas non plus. Nous ne savions pas qu'on surnomme Skopje « la ville grise des extrêmes ». Sous le ciel descendu au plus bas, la 403 avait calé dans un ultime raclement lugubre sur un ramassis de pierraille. Plus de passage possible. Les ruelles enchevêtrées semblaient se grimper dessus, il leur était poussé des piques, des poutrelles, des ferrailles. Le silence, dépourvu du moindre écho vivant, nous avait empêtrés comme des lambeaux pesants. A un moment ou l'autre, nous sommes plus ou moins descendus de voiture. Matthew n'avait sorti qu'une jambe par la portière et il gardait une main sur le volant. Richard demeurait cramponné au dossier du siège avant, le menton rentré vers la poitrine, les yeux fixes à loucher sur les boutons métalliques de sa veste en treillis. Je me suis plantée dehors mais tout près de lui. Je lui ai touché le bras, puis la joue. Il a effacé ma caresse d'un revers de main. Puis il s'est essuyé le nez avec sa manche en reniflant très fort et il a grogné : « Ces bâtisses qui dégueulent, au moindre éternuement, elles vont nous aplatir. » Matthew a fini par se remuer, il a dégotté les jumelles et il a fait le point sur des monticules de terre noire, peut-être fraîchement remuée, qui paraissaient border les ruines au loin. Il croyait distinguer sur leur ligne de faîte d'étranges sacs à patates avec, en guise de tête, un groin massif, deux gros yeux ronds. Quand il a compris, il s'est mis à se balancer d'avant en arrière en se tenant la nuque, tout en marmonnant des injures obscènes qui convoquaient les dieux. Richard et moi lui avons arraché les jumelles pour voir ce qu'il voyait. C'étaient les hauts rebords de tranchées ouvertes au bulldozer. Des hommes en tenue militaire portant des masques à gaz y balançaient par les mains, par les pieds, des corps recroquevillés, comme des ballots de paille. Nous sommes restés longtemps à écouter et regarder l'air qui tremblait dans la chaleur, au loin. L'un de nous a fini par dire : « Faut pas qu'ils nous repèrent, ils vont nous enterrer. »

Nous avons réussi à retourner la voiture, la tirant, la poussant comme s'il s'était agi d'une épreuve olympique. Avec des œillades plutôt aigres vers celui qui flanchait et soufflait un moment en se tenant les côtes. Comme dans la plupart des séparations qui s'ébauchent à notre insu, tout ce que nous avons su faire c'est boucler la débâcle. Nous avons décidé de remonter par la Bosnie et l'Autriche. Richard y avait déjà campé au bord d'un lac froid, sous un ciel morne et il nous assurait que tout était sinistre. Cela nous convenait. Aucun de nous n'avait le cœur à renouer avec le soleil. L'itinéraire a donc été choisi selon l'axe le plus sombre sur la carte routière. Matthew et Richard se relayaient, la nuque pressée contre l'appuie-tête, les bras tendus sur le volant. Nous ne nous arrêtions pas pour dormir. Lorsque les phares s'éteignaient dans l'aube blanche, nous guettions une station-service, nous achetions de l'eau, une boîte de céréales et nous balancions par la vitre le petit jouet caché à l'intérieur. Nous gardions le silence, presque comme des inconnus. Celui qui ne conduisait pas feignait de somnoler. A de rares intervalles, nous échangions des phrases brèves, pas vraiment agréables : « Cela t'arrive de te laver les cheveux ? Ils sont tout gras. » Poussée à bout, la 403 montait les côtes avec un sifflement aigu, elle les descendait en émettant un bruit de crécelle infatigable. Après quatre jours de surchauffe, à quelques minutes du Rhin, tout près de la frontière, elle expira en expulsant par l'arrière un nuage de cambouis et des jets de vapeur. Le joint de culasse avait fini par claquer.

Nous fîmes du stop en bien triste équipage, on nous aurait dits droit sortis d'une décharge. Des clapettes aux pieds, les vêtements poissés, le bronzage soudain gris sous un ciel bouché qui diffusait une bruine, sur une route encaissée où les rares camions qui passaient nous éclaboussaient jusqu'au cou sans nous voir. Nous étions dans la Forêt-Noire, le pays des frères Grimm. A Gubach, là où naquit Blanche-Neige, une bourgade modeste aux balcons fleuris, surpeuplée de nains de jardin, un garagiste, enfin, accepta de remorquer l'épave. Il négocia l'affaire : il nous fournissait trois pull-overs, trois billets de train pour Paris et encore, il vantait sa bonté, il en serait pour ses frais à marchander la carcasse... Rien ne se passait comme nous l'aurions imaginé. Nous n'osions pas nous regarder. Nous serrions les dents sur une insondable propension à nous apitoyer sur nous-mêmes et cette commune dérobade – nous avions aussitôt donné notre assentiment piteux à la transaction – fit monter en chacun de nous une bouffée d'aversion pour les autres. Nous n'avions plus le courage de reprendre la route, ni celui de nous l'avouer à haute voix. Le garagiste nous a déposés à l'arrêt d'un car. Il y avait au moins une heure d'attente. Nous avons fait les cent pas en regardant les alentours d'un air absent, sans nous dire un mot. Tout se décidait seul. Nous n'avons pas échangé d'embrassades quand je suis montée en tirant mon baluchon trempé, mes longs cheveux mouillés collés sur mes épaules. Matthew et Richard sont restés sur le trottoir. Je n'ai pas passé la tête à la fenêtre en agitant la main quand le chauffeur a démarré. Je me suis quand même retournée pour voir disparaître leurs deux silhouettes.

« Ces allées et venues que j'opère, dans un apparent désordre, me font sentir combien, dans un parcours de vie, on peut rester sensible à l'équilibre fragile entre le passé qui résiste et les formes nouvelles qui préfigurent l'avenir. » Quel bon sens. Si La Palice n'était pas né un siècle trop tôt, il aurait siégé parmi vous avec brio. Vos prestations académiques privilégient les vérités premières, sous couvert de fleurs de rhétorique. C'est encore l'un de vos membres qui a prononcé cette phrase. Une femme à la carrure massive, au cou scellé sur les épaules – elle n'est pas là aujourd'hui, elle ne s'offensera donc pas que son nom m'échappe sur l'instant. Lors de vos réunions, une partie d'entre vous est manquante, faute de forces, faute d'élan, repliée chez soi sur son mal-être; et ces absents, pour moi, font cependant, à leur corps défendant, preuve de vaillance : une telle pudeur, une telle bravoure à masquer vos crises aiguës d'arthrose, le diabète qui engourdit vos pieds et vous freine le cœur, l'hypertension qui l'emballe, les sifflements de vos poumons quand vous vous assoupissez, et vos vertiges…

Cette femme, je ne l'ai aperçue qu'une fois, au Zebra Square, où je déjeunais avec l'Ambassadeur; elle est entrée de dos, en poussant la porte tournante avec ses fesses dont je n'ai vu, d'abord, que les poils de panthère synthétique (dont elle était recouverte jusqu'au cou). Elle m'a lancé un long regard aigu, pareil au phare qui signale les parages douteux et sa bouche, réduite à une ligne mince, semblait traduire un amusement amer. Lors de mon élection, j'ai recueilli 15 voix sur 24 votants (16 d'entre vous gisaient donc soit au fond de leur lit, soit dans leur dernière demeure), 1 bulletin blanc et 3 cochés d'une croix. Ce sont ceux-là qui me paraissent les plus respectables. Marqués d'un peu de bon sens. Etant la plus jeune des vieilles jamais élues, j'ai l'impression que vous avez imaginé assouplir un tant soit peu ainsi la posture surannée qui vous éloigne du monde. Un pari sans gagnant. Les échos ont été nombreux à souligner que je n'ai ni le profil, ni l'érudition, ni la renommée de celles qui m'ont précédée. Un magazine a même cité, à mon endroit, et pour tenter d'expliquer votre choix, François Réaumur, l'un de vos prédécesseurs qui tenta vainement, au prix de malheureux essais, d'obtenir le rejeton croisé de lapins et de poules. Il faut croire que mon passage parmi vous, ne serait-il qu'une halte, fait partie de mon itinéraire. Cette femme aussi, par le même hasard, avec son casque dur de cheveux noirs laqués, son visage fermé sur des blessures qu'elle proclame et revendique. A savoir son rejet et son appartenance mêlés à sa langue maternelle, l'arabe, et son exaltation à s'imposer en tant qu'écrivain français. Les deux ou trois paragraphes que j'ai parcourus de son discours donnent l'impression d'un apartheid psychologique entre deux parties d'elle-même, celle qu'elle écarte et celle à laquelle elle aspire. Elle a terminé son allocution par une prière de «*shifaâ*», guérison, a-t-elle dit, «afin que cicatrisent les plaies causées par l'intolérance». C'était la première fois qu'un mot arabe prenait son essor sous la Coupole et elle a ajouté : «Il a déchiré, par sa simple prononciation, les frontières.» Il est vrai que, chez vous, les envols lyriques s'affranchissent des limites. A tort, sans doute, j'ai ressenti cette intrusion d'un mot étranger comme un incident adultérin dans votre mariage avec la pureté de Malherbe. Votre règlement s'oppose à ce qu'un simple récipiendaire exprime un sentiment d'admiration pour ses collègues. Je respecte volontiers cette injonction. Néanmoins, je souhaiterais lui transmettre une modeste invitation : la convier dans ma cuisine.

Il s'agit d'une histoire de cochon. Cet animal né tout noir il y a dix mille ans en Chine et devenu tout rose au fil des siècles, plus intelligent que le chien et le chat et dont les organes sont, de toutes les espèces, les plus proches des nôtres, à tel point que son cœur pourrait remplacer le nôtre lors d'une transplantation. Il est entré en religion au IIIᵉ siècle, avec saint Antoine dont il fut le compagnon inséparable et affectueux. Personne n'ignore que l'islam interdit d'en manger, un tabou que le Coran a repris du livre de Moïse. Je ne me permettrai pas d'en juger. A chacun son choix des aliments. Pour ma part, je ne consomme pas de cacahuètes, et si l'on m'en propose, je n'en fais pas un plat. En outre, chaque religion se doit d'être respectée dans la mesure où elle apporte un espoir aux faibles d'esprit, aux pauvres âmes en mal de réconfort. La vérité historique, dont je souhaiterais confirmation auprès de votre honorable consœur, serait que Mahomet, né en 570 à La Mecque, n'a jamais vu la queue d'un cochon. A son époque, aucun animal de cette sorte ne figurait dans la péninsule d'Arabie. De plus, le Coran a été rédigé au VIIᵉ siècle. Et ce n'est qu'au XIIᵉ que Maimonide, médecin juif, fit parvenir à la cour de Saladin cette recommandation, qui avait trait à l'hygiène, à cause de la chaleur, gravée au stylet sur une omoplate de chameau. Si je suggère à Alia qu'il s'agit seulement d'une question textuelle et temporelle et que cet interdit n'a pas encore été mis à jour malgré l'existence de la chaîne du froid, elle me regarde comme si la remarque que je viens de faire lui bloquait le fond de la gorge. Elle en oublie de respirer. Rien que je puisse avancer pour raisonner Alia et lui alléger la conscience ne lui paraît recevable. Elle m'oppose que le cochon est le seul animal qui ne soit pas jaloux de sa femelle et que cela peut contaminer l'homme. Elle dit encore qu'on ne doit pas le consommer parce qu'il n'a pas de cou et ne peut pas être égorgé. L'ignorance, chez elle, est un dogme. c'est une enragée de Mahomet. Elle le voit partout, pire qu'un croque-mitaine, certes pas un Sauveur. Il arrive souvent que son joli teint doré tourne au verdâtre, elle m'aperçoit poser sur la table des œufs en gelée sortis du réfrigérateur, elle me les kidnappe d'une main leste pour inspecter l'étiquette qui détaille l'énoncé des colorants ou autres additifs et il lui saute aux yeux « traces d'albuminoïde de porc ». Le regard soudain trop grand, les pupilles fixes comme deux agates qui ont fini de rouler, elle balbutie, figée : « Tu bafoues ma culture. »

Sa culture est d'une simplicité déconcertante. Elle lui fait aussi éternuer « inch Allah » toute la journée. Et si j'ai l'imprudence de lui dire qu'Allah ne fera pas cuire sa semoule plus vite ou n'empêchera pas la pluie de tomber, elle détourne la tête pour se dérober à l'offense. Tout est chagrin pour cette enfant – encore qu'elle ait trente ans et que, partie comme elle est, elle n'obtiendra aucune consolation de l'âge. Les premiers jours, j'ai essayé de la comprendre, je me suis plongée dans le Dictionnaire des symboles musulmans, partagée entre l'admiration et le sentiment qu'une tempête de poussière avait fini par recouvrir d'un voile gris l'interprétation contemporaine des textes sacrés. J'ai découvert qu'Allah, « la pierre noire », est le nom de l'une des 366 idoles vénérées dans la Koaba, que Mahomet a proclamée supérieure, de même que Jésus-Christ est « le rocher », la pierre angulaire. Disons que je tentai d'ouvrir une brèche dans son cercle d'initiés à œillères où seuls valent les préjugés, pour lui permettre de mettre le nez dehors et découvrir d'autres paysages. Par moments, avec le zèle des néophytes qui défrichent un domaine inconnu, je me suis laissée aller à un rigorisme qui, comme chacun sait, ne nuit jamais qu'aux autres : tout le monde se trompe en invoquant Mahomet, lui ai-je signalé, qui signifie «le non loué», c'est Muhammad qu'il faut dire, «le loué». Réponse d'Alia dont le petit nez se fronce d'indignation : «Nous voyons que tu es dans une grossière erreur.» Verset n° 48 de la sourate VII qui s'adresse à l'Infidèle. J'ai retenu de justesse, en guise de réplique, un autre verset du Coran – moi aussi, je commence à en avoir une liste – «Ne te soumets pas aux incirconcis en t'asseyant à leur table ou en partageant un repas». Parce que, semblerait-il, ma chère Alia n'a pas fait que s'asseoir à côté de mon fils...

Pourtant, tout avait plutôt bien commencé. A Roissy, j'avais découvert une ravissante et fragile imitation de Néfertiti dont le nom signifie «la Belle est venue». (Maintenant, il m'arrive de me demander comment se dit «la Belle est repartie».) Certes, ses chevilles fines émergeaient d'informes godillots cloutés et son gros sac à dos lui courbait les épaules, elle était fagotée d'une sorte de tenue de parachutiste, mais le petit visage au front bombé, somptueuse crinière luisante, nez parfait de bébé et sourire radieux suggéraient presque qu'elle pouvait voler comme les anges. Et quel élan joyeux pour me sauter au cou... Je ne pensais pas avoir déjà tant fait pour elle. Je manquai vaciller sous son petit poids tandis que je débitais la phrase d'accueil que j'avais apprise phonétiquement à son intention : « *Tacharfna ya, asma anka kasiran.* » « Enchantée, j'ai beaucoup entendu parler de toi. » Me serais-je exprimée en hébreu, elle ne m'aurait pas opposé une mine plus ébahie. Alia ne connaît pas l'arabe. Il lui reste, de son enfance, des bribes d'un dialecte maghrébin. Le malentendu commençait. Pendant toute la période qui a suivi, les mots ont voleté, entre Alia et moi, à la façon des hirondelles qui se rassemblent sur un fil avant leur long voyage, quelquefois sans retour. Fallait-il s'obstiner à croire en des jours meilleurs ou bien s'obstiner est-il toujours un mauvais choix ?

Moyennant une omelette aux piments

prise à l'aéroport, courte pause dictée par mon discret ahurissement, elle me lâcha, dès sa première gorgée de Coca, la nouvelle : elle était enceinte d'une petite fille. Je devins sourde au brouhaha, à la foule, aux voix confuses des haut-parleurs, la fausse bougie électrique, sur notre guéridon, jeta soudain un halo fuligineux et j'avalai d'un trait mon verre de bordeaux qui prit un goût de purgatif. Je scrutais Alia dont les yeux d'ambre brillaient d'une excitation extatique. Elle prit avec précaution ma main entre les siennes, son petit visage comme ébloui.

Sur l'instant, j'accusai mon fils de tous les péchés, y compris la dissimulation. Son dernier message ne mentionnait rien de semblable, encore qu'il ne m'ait pas réjoui. «Nous vivons maintenant loin de la cohue et du bruit de Bénarès. On se croirait à la campagne et, certains jours, le Gange ressemble à la mer. Cependant, Alia reste Alia, avec ses doutes vertigineux. Je sais que notre fin est proche même si nous savons encore être heureux ensemble. A ma grande surprise, j'ai découvert que son sac à dos se remplissait de trucs chauds et lourds à porter, rien à voir avec un bagage pour l'Inde. Cette mauvaise valise m'a d'abord intrigué car Alia sait très bien voyager, et puis, j'ai compris. Non seulement elle est très amoureuse de moi – je la vois faire des efforts hallucinants sur elle-même pour ne pas me montrer sa dépression – mais elle rêve d'aller à Paris. Toutes ses petites affaires triées avec soin sont faites pour le bitume parisien et non les rues indiennes. Pourrais-tu l'accueillir ? Je la soupçonne d'avoir déjà pris son billet. Que te dire, que penser ? Ce qu'elle raconte n'a souvent pas plus de réalité que des ronds dans l'eau tellement Alia ressemble à un territoire de pluies et de ciels chagrins. Ici, les événements, ce sont les paysans qui accusent les ours de leur voler du maïs la nuit et les chiens qui disparaissent lorsque les léopards rôdent dans les hauteurs du village. Je dois partir pour le Kerala afin d'établir une carte des producteurs de riz fiables. Naturellement, en cas d'urgence, je rentrerai sur-le-champ. Je me reconnecterai dans quelques jours pour savoir comment vous allez toutes les deux. » *Devrais-je sauter de joie ?*

Internet est la manifestation éclatante

d'une forme d'absence, voire de mépris, où les êtres les plus proches finissent par ressembler à des silhouettes qui s'amenuisent dans le lointain. Sa mémoire cachée scintille en secret des seize millions de couleurs dans l'œil d'un scanner qui distingue les détails dans les zones d'ombre les plus intenses avant de les convertir en signal électrique. Monde sans frontières, vaste comme le ciel nocturne, peuplé de millions de voix dont aucune modulation n'est audible. Il leur faut emprunter les canaux numériques du silence pour se faire entendre. On peut se demander à quoi cela sert, tant les logiques du cœur humain sont dépassées. Personne ne maîtrise les histoires qui se déroulent, s'interrompent, recommencent, avec leurs mots qui vaguent dans l'espace virtuel, sans rencontrer d'écho. Chacun décide de la version qu'il souhaite donner du moment. Quant à traduire cette dernière en date, c'était, en l'occurrence, risquer de voir s'ajuster autrement la nature de mon affection la plus vraie. La confiance totale que j'avais toujours eue en mon fils s'écornait. Nous n'avions pas coutume de travestir la vérité, ni de prendre l'autre pour imbécile. Il ne manquait plus qu'il me prie de recueillir sa prochaine favorite en galère, tout cela parce qu'une nouvelle éruption libidinale serait en train de faire long feu et qu'il m'en expédierait à nouveau les braises moribondes. J'en fis part à Renaud, après tout il s'agissait de notre fils. «Ne fais pas couler ton rimmel pour autant, me dit-il, tout s'arrange, même mal, c'est bien connu.» Renaud a toujours trouvé le mot juste pour me rasséréner.

Avec vous, je tente une séance d'éclaircissement global. Voyez, malgré mes réserves, dans quelle considération je vous tiens et quel espoir je place à pouvoir m'exprimer dans votre cénacle.

Passé un légitime moment de silence, chacune le nez plongé vers notre omelette à déglutir chaque bouchée avec application, tout comme les fleurs immobiles nourrissent les abeilles ou une cigarette (améliorée) qui passe de bouche en bouche lors d'une soirée entre amis, l'éloignement infini qui aurait dû emprunter nos mouvements céda devant le

léger tremblement qui s'était emparé d'Alia.
Elle repoussa ses couverts, se blottit contre
moi et fondit en larmes au creux de mon
épaule. J'avais oublié qu'elle collectionnait
les Kleenex. «C'est un secret, dit-elle tout
bas, tu ne le dis à personne?» Je lui accor-
dai un assentiment contraint, inintelligible.
Quand son secret atteindrait trois kilos, il
parlerait de lui-même. Et soudain, je fus
transportée dans la fantastique douceur de
vivre qui nous ramène au temps ancien où
un être nouveau va découvrir le monde. La
venue de ma petite-fille m'ouvrait une voie
pour voyager dans un devenir sans frontières, toujours renouvelé. A court terme,
entendons-nous, je n'étais pas dupe. Alia
l'éloignerait de moi tôt ou tard, je l'ai pensé
à la minute. Bien sûr, je ne pouvais qu'ignorer le moment où elle déclarerait que tout
était fini. «Et que cela valait mieux, après
tout.» Elle le dirait. Je ne serais pour elle
qu'une personne opportune avec laquelle
son besoin de survie sociale l'obligerait,
pour un temps, à traiter. Mon fils l'avait
mise en condition : j'écrivais des livres où
j'adorais les gens comme elle – *toi qui ne*

mentais jamais... je lui ouvrirais les bras. Un peu vite dit, un peu vite fait. Tandis qu'Alia m'assenait la bonne nouvelle, Monsieur (dont la seule excuse était qu'il n'en avait pas connaissance) était allé célébrer sa liberté retrouvée dans un temple construit autour d'une statue de Bouddha interdite aux regards. «Sous le sanctuaire, un souterrain où l'on progresse dans le noir en laissant glisser une main contre les pierres, à la recherche de la clé du paradis fixée quelque part dans ce labyrinthe. J'ai pu la toucher du bout des doigts. C'est une expérience très mystique que de progresser ainsi en aveugle. Selon les moines, l'obscurité rend tous les hommes égaux. En revanche, à la surface, le temple est consacré à la lumière afin de nous guider vers la connaissance et la vérité. Que les fumées du grand encensoir volent jusqu'à toi. Sois heureuse et reste libre»... *Avec ce que tu me mets sur le dos, c'est gagné...*

J'étais assise en tailleur sur mon lit. Je contemplais encore mon ordinateur portable lorsque j'ai vu apparaître sur l'écran «Message d'erreur». «Accès aléatoire». «Eteindre pour libérer de la Mémoire». Certaines petites phrases sont fausses mais elles aident à penser juste. Parfois.

J'en prendrais à témoin le Pilier, dont la calvitie scintille sous le grand lustre aux lames de cristal et qui masque de sa main élégante un bâillement appuyé, et sa recommandation mémorable lorsqu'il était en fonction au gouvernement : «Tout le monde doit être bilingue dans sa langue et en apprendre une autre.» Je ne comprenais plus rien à celle de mon fils. Sa légèreté feinte à laisser couler les jours comme une corde entre ses mains crispées, à la recherche d'un environnement serein. La mauvaise foi devenait-elle sa manière de me témoigner sa confiance ? Ou bien y avait-il une part de désespoir dans sa façon de se démettre de son fardeau sur moi ? Quelle réponse apporter ? Il me demandait de jouer un rôle. Encore fallait-il le définir. La réponse commençait à m'apparaître... Aucune mère ne devrait l'oublier. Elle se vérifie tôt ou tard dans le principe irréfutable de Murphy : Une tartine tombe toujours du côté de la confiture.

L'empreinte des choses cassées

La mémoire raccourcit avec le nombre des années. Vous autres, pour la plupart, n'éprouvez qu'une forme de tiédeur envers vos petits-enfants, vous observez le plus souvent une distance prudente, sans excès d'effusions. Vous redoutez qu'ils ne vous causent une mauvaise chute en se jetant contre vous de tout leur petit corps, comme font les diablotins rieurs, qu'ils salissent votre cravate avec leurs menottes poisseuses de chocolat ou qu'ils vous chipent des mains votre canne pour s'en faire un cheval qui galope, vous laissant chancelant comme un échassier privé d'une de ses pattes. Vous avez oublié depuis longtemps qu'autrefois, étant devenus des parents, vous n'étiez plus des amants. C'était le début du processus final. Sur le long chemin de la filiation, l'étape suivante, à mi-parcours, est la mise au placard en tant que père et mère. Rétrogradés à des fonctions basiques. Sauter vos vacances au Cap Nord pour emmener le petit sur une plage bretonne et vous casser les reins à bâtir une théorie éreintante de pâtés de sable, oublier le homard pour vous rabattre sur coquillettes-jambon, sans négliger la crise d'appendicite qui surviendra, inévitablement le 14 Juillet quand le médecin est absent et les parents injoignables. Ne pas lésiner sur les chèques aux grandes occasions, ne jamais attendre de retour sur investissement pour avoir passé la moitié de son enfance à tenir votre fils dans vos bras. Garder à l'esprit que l'absence d'embarras de votre progéniture à faire appel à vous à toute heure, son ignorance délibérée de vos intérêts personnels, sont une tactique locale, longuement éprouvée, afin de décourager des avances devenues inopportunes de votre part. Ce que nous désirons vraiment d'une petite vie dès sa période de gestation, ce qui nous bouleverse et en quoi se tient la vérité de ce bonheur, se situe de l'autre côté de tout cela, vers l'envers inavouable de nos échecs, de nos pertes. L'importance qu'on lui accorde, le flamboiement exagéré de cette promesse d'avenir n'est qu'un pari perdu d'avance, l'illusion que ce nouvel arrivant échappera à notre constitution défaillante qui nous pousse sans fin à déguiser la part de bonheur que nous voulons arracher à autrui. Chacun de nous s'accroche à la sorcellerie stupide qui raconte comment ceux que nous avons élevés de tout notre cœur nous aimeront toujours. Le développement durable du climat familial demande de faire semblant d'ignorer la dérive des sentiments qui fait du repli la réponse aux années qui passent. Parvenus à l'âge de 30 ou 40 ans, nos anciens enfants estiment indispensables de sauvegarder leurs propres espaces de pensées et d'actions, nous devenons à leurs yeux incapables d'inventer, de proposer. Sans qu'ils se l'avouent jamais, ils ne nous aiment plus (comme nous l'entendions), même si, culturellement, ils gardent le discours (maigre), les gestes (économes) d'une fidèle affection. Face à nous, ils se trouvent désormais comme devant un roman dont on se met à tourner les pages un peu vite, il perd de son intérêt, on en a déjà deviné la fin. Ils ont raison. La dégringolade sur l'autre versant de la vie est une histoire commune. Votre noble assemblée a atteint l'âge où l'on n'a plus d'enfants, sauf pour l'état civil. Un seul d'entre eux est-il présent, sous cette Coupole, aujourd'hui ? Non. Pas même le long fils blafard de Jonquille qui, pourtant, lui file le train dans

143

tous les salons afin d'extorquer des assurances sur la vie, exemptes de droits de succession, aux plus ingambes des futurs moribonds. La rumeur, qui vole plus bas qu'une hirondelle sous un ciel d'orage à la poursuite de moucherons, raconte que Jonquille, toute fardée, s'était, par un jour du printemps dernier, assoupie devant sa fenêtre ouverte au soleil, dans une bergère grand genre. Jonquille a d'énormes yeux bleus, style Louis XVI. (Inutile de chercher à vérifier du regard, si vous n'aviez pas remarqué ce détail, elle a encore piqué un petit somme.) Quand elle les rouvrit, face à elle, le mur de son salon, tapissé de jaune pâle, montrait un grand rectangle décoloré, bordé d'un cadre de fine poussière. Elle les écarquilla. Son Rubens («école de…» mais quand même), une descente de croix, avait disparu. Cambriolée pendant sa sieste. Que croyez-vous qu'il advint? Son fils unique, fruit d'une union rompue de longue date par un veuvage précoce et subi sans dommage, trépigna, l'insulta, la maudit. Spolié de ses vieux jours tranquilles par la gâteuse (il n'hésita pas à le proférer), dure d'oreille de surcroît, pas

144

même étranglée, menacée, tabassée, ce qu'il lui eût, peut-être, un peu mieux pardonné.

Alia était entrée chez moi en nomade avertie. D'un coup de reins, dès la porte, elle se dessaisit de son sac à dos et l'envoya valdinguer sur ma précieuse commode demi-lune en marqueterie avec culs-de-lampe et sabots en bronze doré. Elle s'essuya les pieds sur mon tapis de prière tibétain, s'extirpa aussitôt de ses godillots pour en éprouver le moelleux et partit pour l'inspection d'un pas dansant. Elle sautilla, son petit derrière allègre vivement posé puis relevé sur chacun de mes fauteuils cabriolets, garnis de tapisserie au point, esquissa une moue circonspecte quant à l'estimation de leur confort. Elle resta un moment en suspens, debout sur ses pieds nus, avec l'apathie maussade d'un enfant à qui on a tout promis, bras ballants, lèvre boudeuse. Et soudain, elle fit un bond en avant, balbutia « merci » et se jeta sur mon canapé de repos en acajou, à haut chevet col de cygne. L'oiseau avait trouvé son nid parmi les coussins de soie… Alia pouvait enfin se mesurer à sa grossesse. Les aménagements nécessaires furent très simples. Elle s'empara de mon flacon de parfum *Rose de nuit* à seule fin de le tenir en permanence sous son nez, dénicha au fond de ma penderie une longue robe de plage en coton azur qu'elle accapara avec un soupir d'aise. Et ne bougea plus. Sauf pour certains déplacements indispensables, le plus fréquent étant de se rendre avec dignité aux toilettes, la main sur la bouche, sans un mot, sans une plainte, retenant des nausées qui n'altéraient pas son port altier. Je lui apportai sur un plateau d'innombrables tasses de thé sur lesquelles elle laissait vagabonder son regard avant de daigner y tremper ses lèvres. Une seule fois, elle me dit : «Avec toi, je suis au paradis.» Le reste du temps, elle demeurait muette, son délicat petit visage fermé comme la porte d'un sanctuaire. Je n'avais pas souvenir qu'être enceinte fut un phénomène aussi compliqué. Son histoire était trouée comme un gruyère mais ces lacunes mêmes alimentaient ma tendresse, j'y voyais la fragilité de ceux qui ont décidé de courir le monde, à savoir de rompre les attaches.

Nous avions tacitement passé un contrat de silences à durées indéterminées. A de rares moments, Alia condescendait à une confidence abrégée. Elle était née à Smara, dans le Sahara occidental, au bord d'un oued asséché, parmi les palmiers à demi morts de soif, et les tentes en peau de chameau qui, peu à peu, commençaient à céder la place à des cahutes en parpaing, coiffées d'un dôme blanc. Il y avait encore deux kasbas et une mosquée en ruine. Son père se battait pour le Sahara libre, il priait chaque jour, à quatre pattes dans le vent du matin comme dans le vent du soir, pour les pauvres Sahraouis qui veillaient surtout à surveiller leurs gorges avant qu'elles ne soient tranchées par les soldats du FAR. Toute petite, elle n'avait rêvé que d'un seul endroit, l'aéroport d'El-Ayoun. Partir pour ne jamais revenir. Je connaissais. A mon avis, elle négociait mal son grand tournant vers un futur proche. Nous ne sommes jamais capables d'apprécier le présent dans sa véritable expectative. Le sort me désignait pour relayer un amour mal venu, un bébé même pas né et sa mère trop fragile, toujours au bord des larmes. La douceur œdipienne des choses me gagnait avec ma petite-fille, un jour, pas si lointain, je la tiendrais dans mes bras arrondis en berceau, mes lèvres au coin des siennes, elle poserait sa main minuscule sur ma joue et je l'aimerais pour la vie. Je n'ignorais pas les déchirements qui l'attendaient, de par sa double appartenance, je serais son refuge, où qu'elle soit, j'accourerais au moindre appel. Il me coûtait beaucoup de ne pas partager ce secret avec mon fils et, davantage encore, qu'il en fût dépossédé par le silence exigé par Alia. Je redoutais maintenant ses mails déconnectés de la réalité, coupable malgré moi de n'y pouvoir répondre par aucune vérité. « Le soleil est toujours là mais je commence à voir du gris partout. Pays de cinglés. Même les infos me donnent raison. Hier, un psychopathe de 37 ans a tué huit enfants à coups de couteau, juste parce que ses tentatives de suicide ont échoué et qu'il espère ainsi être condamné à la peine de mort. Nous vivons dans un monde de tordus, ce n'est pas nouveau, comme disait Gandhi, c'est aussi vieux que les collines »... (et la suite, y compris la façon dont je pouvais m'arranger pour épon-

ger les larmes intarissables d'Alia). Tordus
pour tordue, il me fallait bien venir en aide à
celle qui m'était échue. Faute de disposer
d'autres manœuvres, je décidai de laisser
tomber Mahomet.

Il y avait une légende beaucoup plus
ancienne à raconter pour faire sourire Alia.
Elle remonte à la nuit des temps, à la première étoile du matin, celle que définit Victor Hugo dans *Les châtiments* : *Je suis ce qui
renaît quand un monde est détruit.* Ma petite-
fille encore invisible pour les yeux. Elle
me tombait dessus comme un nuage. Un
nuage ne peut pas vieillir, ne peut pas mourir. Il suit sa course erratique entre le soleil
qui l'envole et la terre, qui lui demande
d'être pluie. Je connais bien les nuages, la
façon dont l'eau des fleuves, des flaques, des
océans monte sous la chaleur, se cristallise,
s'évade en minuscules gouttes d'eau et
forme avec les ondes de la lumière un front
blanc. Je ne pouvais pas faire ce coup-là à
Alia, pas plus que celui de la cigogne malgré
sa comprenette aléatoire qui privilégiait les

fables tout en écartant toute allusion sexuelle qui pût heurter sa piété. Combien de fois l'ai-je entendue marmonner dans ses prières, le nez sur la moquette et petit derrière au plafond : «Je te demande pardon pour tout péché dont je m'étais d'abord détourné à cause de Toi et dans lequel je suis retombée.» Une question m'intriguait : comment savait-elle que son bébé était une fille? Le temps semblait couler sur elle sans qu'elle m'offre le moindre repère. Je commençai à lui décrire le parcours magique de l'enfant à naître comme s'il s'agissait d'un conte pour classe élémentaire. «Au tout début, lui dis-je, il y a quatre microscopiques cellules de rien du tout. Elles se mettent aussitôt à se multiplier à une vitesse prodigieuse. Chacune possède un rôle, pour l'une ce sera la couleur des yeux, l'autre les perles dentaires. Et ainsi de suite. En cinq semaines, son système nerveux et son cerveau se forment. Son petit profil se dessine, ses bras et ses jambes apparaissent. A la sixième semaine, il franchit le cap du premier centimètre, il a un foie, un cœur, quarante et une vertèbres (au complet), les bras aussi longs que les jambes et même des plis aux coudes et aux genoux. Au point où tu en es, si tu as su que c'était une petite fille, elle a au moins 74 jours, 8 centimètres et 40 grammes, elle a presque son visage humain. Tu n'as pas envie de la voir ? » Je lui proposai donc une échographie.

Alia eut un hoquet et trempa mes coussins de soie en y ensevelissant son visage. Elle les martela, les poings serrés, balbutiant « non et non, les imans l'interdisent ». Et puis elle lâcha *sa* vérité : « Allah connaît son sexe avant l'achèvement de sa créature, si elle est damnée ou heureuse, quand elle mourra et quelle sera sa subsistance. »

Dans une situation pareille, d'autres que moi auraient médité la possibilité de l'expédier débiter ses sourates ailleurs. Je m'entendis ânonner, d'une voix chevrotante : « C'est tout, comme renseignement ? »

Me pardonnerez-vous ces digressions ? Certes, je ne vous parle pas des Droits de l'Homme ni des populations bafouées de par le monde mais ces sujets ne vous intéresseraient pas davantage. Vous prenez des mines ensommeillées, somnambuliques, je conçois votre ennui, en guise d'excuse, je vous citerai Boileau, « ce moment dont je parle est déjà loin de moi », mais il participe des raisons qui m'ont incitée à vous rejoindre, histoire de voir si l'impossible peut recevoir quitus.

Pour finir, Alia se fit belle comme pour un rendez-vous d'amour. Longue jupe de soie moirée (pour ne pas devoir baisser son pantalon si le praticien était un homme), bottes de daim rose à hauts talons, chevelure électrique pour l'avoir un peu trop défrisée au fer, yeux d'un velours profond étirés jusqu'aux tempes. J'avais pris rendez-vous dans le meilleur centre d'imagerie médicale, proche de l'Opéra. A peine étions-nous sorties du métro, Alia rafla tous les regards. Deux éboueurs agrippés aux montants qui trépident de leur grosse machine verte saluèrent son passage d'une salve de sifflements. Au feu rouge, un chauffeur de taxi, d'un demi-tour d'épaule, offrant ce visage mat, ce teint qui prend sa source en Méditerranée, lui lança : « Ma fille, tu es bien plus qu'une fille, tu es un bijou. » Nous échangeâmes deux sourires survoltés. C'était notre jour de fête.

Pénétrée de son importance, Alia marchait avec lenteur, une main posée sur son ventre encore inexistant, comme pour le protéger. La salle d'attente était bondée de femmes aux lourdeurs habitées, aux rondeurs émouvantes, qui ne nous accordèrent qu'un regard sans signe particulier. A l'évidence, nous n'étions pas dans la course. Nous nous tassâmes dans notre coin, presque gênées de notre statut de débutantes parmi des habituées. Nous nous serrions la main très fort, celle d'Alia était froide dans la mienne, elle tremblait à nouveau, j'avais juste l'estomac un peu noué… Et puis ce fut notre tour d'entrer dans le cabinet noir. On laissa à Alia sa grande jupe, qu'on lui troussa *a minima* sur la table d'examen afin qu'elle consente à desserrer les genoux, je pus m'asseoir sur un tabouret, à hauteur de sa tête, la joue contre sa joue, nos mains toujours jointes. Elle eut un rire nerveux quand on lui badigeonna le ventre d'un produit froid. Et l'écran s'alluma. «Tu sais, me dit Alia, quand j'étais petite, j'aimais tellement ma grand-mère que je cachais ses chaussures pour l'empêcher de partir.» J'appuyai mes

lèvres sur sa tempe, très fort, sans mot dire.
Dans une minute, je serais cette grand-mère,
ma toute petite-fille, mon amour si grand déjà
révélerait l'ébauche de son visage et ses premiers mouvements, semblables aux légers
coups de nageoire d'un poisson-lune en ape-
santeur dans son élément fondamental.

Sauf qu'il y eut un soupir. Très long. Très
fatigué. De l'homme en blouse blanche. Y
avait-il un problème ? Il arracha ses gants de
caoutchouc et les jeta par terre. Il se pencha
sur Alia pour la regarder dans les yeux mais
elle les avait fermés, caressa sa joue d'un
doigt comme on éveille avec précaution un
dormeur. Il recula sur la pointe des pieds
vers la porte. Avant de la refermer, sa voix
sembla surgir de nulle part : « Il n'y a pas de
problème. Il n'y a pas de bébé. »

Seul le temps qui passe remet l'amour
en place. Mais il faut vraiment de la bonne
volonté pour sentir sa bienveillance descendre sur nous et nous accorder une
nostalgie indolore. Trop souvent, nous choi-
sissons de nous consoler dans l'erreur. Karl

possède toujours, dans son capharnaüm de la rue de Clichy, roulée dans le placard à poubelle, une guenille sombre affalée en plis raides, bouffée de moisissures et de traînées blanchâtres, qui abrite des cafards. La dépouille de ce qui fut un kayak de mer aux pointes effilées, à l'armature gainée de caoutchouc noir sur lequel il pagayait pour emmener Ella nager dans les criques isolées. Karl n'est pas un maniaque ordinaire qui n'admet ne se défaire de rien mais un laborieux à l'envers. Sa philosophie personnelle l'a convaincu de la vanité de jeter quoi que ce soit. «C'est tout ce qu'il me reste», dit-il pour s'excuser quand il me voit infliger au déchet aquatique (en me pinçant le nez), une overdose d'insecticide. Ce qu'il lui reste d'Ella? Poser des questions à Karl est un plaisir solitaire. Autant il se montre intarissable dans le monologue, autant il s'avère peu disert dans les explications. Il ne refuse pas d'en donner, il ne se souvient plus. Il admet volontiers, avec le sourire narquois du cancre qui a oublié sa leçon, se prélasser dans une interminable agonie, faute d'avoir daigné se compromettre dans les justifications, les règlements de comptes, les rivalités. C'est son bon côté, celui qui m'a intriguée au début. Et aussi sa manie de ne jamais dormir dès que tombe la nuit. La seule activité physique de Karl, hormis ses rares ébats avec moi, se déroule dans un bar à jeunes, qui vise à attirer les vieux pour leur refiler l'addition, proche de la Bastille. Des étoiles et des lunes en argent bon marché pendouillent du plafond peint en noir. La sono est usée et rabâche les standards de Ray Manzarek ou Jim Morrison, *Light my fire* ou *End of the night*. On y est loin de la culture rave ou des gesticulations tecktonic, ici, on ménage les articulations. Le DJ, dont le bel œil hidalgo est déjà serti d'une soie plissée, susurre dans son micro : «Allez… dansez maintenant et vous vous réveillerez frais et joyeux pour tout ce que demain vous réserve.»

Bien entendu, Ophélie, Ernest et Orlando sont là. Ils trouvent leur respiration dans des habitudes léthargiques dont ils voudraient que le modèle s'applique à chacun. La salle y est propice, avec ses allures de tanière, pas mieux éclairée qu'une rue sans réverbère, et sans un souffle d'air entre les maigres rayons de lumière multicolores qui tournicotent au ras du sol en flux tendu et semblent couper les jambes aux danseurs. Une fois ou l'autre, Ophélie s'est jetée sur moi pour me secouer aux épaules : «Alors, tu es amoureuse de Karl?» Elle avait dû se tromper de bouteille et s'arroser de vodka en guise de parfum. Je soupirai avec précaution, «désolée»... Ses étroits yeux verts, inflexibles, montraient une incompréhension totale. «Mais pourtant, vous êtes amants.» La suprême légitimité pour elle. Elle m'entraîna en me poussant aux reins et m'aplatit quasiment sous elle dans l'un de ces gros poufs remplis de petites billes où l'on s'enfonce jusqu'au cou. Son sourire était humide et douloureux, non dépourvu de fierté pour me livrer son exploit : elle n'avait plus jamais fait l'amour depuis sa rupture avec Karl. Un exemple impressionnant de mélancolie active. Ne dis-je pas. Je parvins même à hocher la tête avec respect.

Ophélie s'enorgueillit de chérir le même homme depuis vingt ans. Ernest et Orlando ne se prononcent pas sur cette intermittente du spectacle vivant des sentiments mais leur soutien à Ophélie est inconditionnel. Orlando dit souvent : « Que faire d'autre que d'aimer ? » Il sait de quoi il parle, il creuse le sujet à longueur de temps, il est en psychanalyse permanente. Il s'est marié quelques années avec une femme plus âgée que lui, puis il a épousé la fille de celle-ci, il en a eu une fille et, pour finir, elles se sont toutes les trois liguées pour le mettre à la porte. Pour lui (il n'est pas avare de contradictions), l'amour c'est fini, terminé, réglé : « Chaque fois que l'on veut échapper à la pesanteur, on finit étalé par terre, sur le dos. » J'ignorais, en revanche, qu'aux heures blanches du matin, quand il a trop dansé et trop bu, Karl réveille Ophélie, roulée les bras repliés sur son cœur au fond de son pouf, et lui murmure à l'oreille : « Si Ernest exposait ton corps nu dans sa galerie, tu serais une œuvre d'art. » Ou encore : « Rappelle-toi notre voyage à Venise, pour avancer, la perche d'une gondole doit vraiment toucher le fond. » Il peut être tranquille, Ophélie l'a vraiment touché, le fond. En cadeau de rupture, après leurs jours heureux, il lui a offert une phrase inoubliable :

«Quand tu comprendras combien je t'aime, tu n'auras plus peur de rien.» Donc, c'est réglé. Ophélie est inexcusable de souffrir d'abandon, de solitude, de frustration, elle se doit de parvenir à une plus haute compréhension de l'essentiel. Comme une souris grise qui amasse ses grains, elle comptabilise les espoirs ténus. «C'est sûr, me dit-elle, Karl ne peut pas oublier ce que nous avons vécu, un jour il me reviendra. Tu ne m'en veux pas?» Je me sens monter aux coins des yeux le sourire d'une personne qui dédaigne les contingences amoureuses à condition qu'autrui se les coltine à sa place. Du menton, je lui désigne la silhouette de Karl qui, mains levées, ondule en cadence avec une souplesse de jeune homme et frotte sa braguette contre la tunique fluo de la jeune fille koala d'Orlando. Dans l'obscurité, ses cheveux blancs ressemblent à un envol de cendres.

Pour l'instant, je me tiens encore droite et légère dans ma longue robe noire, debout sur ma petite estrade, sous la statue de Minerve, déesse des Sciences et des Arts. Les femmes sont dispensées du frac couleur de sauce verte ou de reliure de dictionnaire. Vous savez mieux que moi combien les mots que nous altérons, bousculons, travaillent, au-delà de nos maladresses, à traduire une vérité que la langue savante dont vous prônez l'usage ne peut atteindre. L'histoire de chacun est toujours trop bavarde. Je n'ai rien à dire pour ma défense. L'idée m'obsédait de vous livrer le dernier mot. Dans la Méditerranée antique, le «troupeau immortel» était celui où tout animal mort ou perdu devait être remplacé par le bénéficiaire du bail, le nombre de têtes restant constant. Comme chez vous. Je ne serais pas celui-là...

Mesdames et Messieurs, il ne vous aura pas échappé, grâce à votre expérience, que si je vous demandais de m'accorder votre pardon pour choisir de ne pas siéger parmi vous, vous me l'accorderiez aussitôt.

Je garderai pourtant de mon passage parmi vous un souvenir précieux. Celui de mon entrée annoncée par les roulements de tambours. Ceux-là mêmes qui accompagnaient les ci-devant à la guillotine, le saviez-vous ? 158 battements à la minute, pareils, encore, au rythme du cœur du bébé à naître. Un dernier adieu à ma petite-fille, à son rire qui aurait coulé comme un bruit de source si elle m'avait tendu les bras, ses doux cheveux pâles (non, il n'était pas obligatoire qu'elle fût le portrait de sa mère, merci), captant l'unique clarté d'une veilleuse bleue en forme de Bugs Bunny.

Il me faut cependant vous faire part d'un ultime épisode où il n'entre aucune part de plaisir. Un voyage qui n'enchante pas grand-monde… Les tour operators ont bradé l'horizon, ce point de non-retour. Ils domestiquent les paysages et plantent des chaises longues, des boissons fraîches sous les palmiers. Ils exercent leur censure sur le danger, dénoncé comme une inscription hypothécaire sur la mort brutale, cette offense morale aux progrès de la médecine. Et son acharnement à vous garder légume. Qu'un Airbus s'enfonce dans la mer Rouge, personne ne s'incline devant ce magnifique tombeau. On chiffre la perte des disparus selon un barème, dans l'évaluation de la faille mécanique, aux

frais des assurances. Ils vendent l'éloignement en termes de conformisme et confort
garanti. L'idée essentielle est de transposer
au plus profond d'une jungle dépeuplée les
commodités urbaines et l'entrain obligatoire.
Slogan de l'une de ces compagnies floris-
santes : « Avec nous, on est comme chez soi,
entre amis. » A l'Académie, même combat
mais langage plus châtié. Vous tissez les
phrases « comme de roses faveurs et rubans
autour de la réalité » (encore l'une de vos
perles), à seule fin de vous hisser hors de portée de ce nivellement vulgaire. Par un réflexe
pavlovien, vos beaux esprits se doivent de ne
prendre leur envol qu'à hauteur d'un certain
appareil. Mon fidèle soutien, l'Ambassadeur,
qui ne va pas broncher, et pour cause, en est
la preuve vivante. Que savez-vous de lui, que
savez-vous les uns des autres, hormis le fris-
son de familiarité confortable qui vous rap-
proche dans ce cénacle ? Seul le travail des
mots définit votre entente. Pour vous, ils
invoquent d'abord une idée de la vie impré-
cise, peu féconde… Vous les maniez à seule
fin de rehausser votre maigre vous-même,
faire table rase des souvenirs médiocres et du

penchant commun à les utiliser à des fins conservatrices. Votre grande affaire revient à vous efforcer de museler l'incorrigible passé : celui où vous n'aviez pas encore mérité votre signifiance illusoire. L'Ambassadeur ne siégera plus parmi vous. L'anonymat plaisant où je l'ai tenu jusqu'ici devant vous n'est plus de mise. Si je vous parle de son regard un peu perdu, de son rire nerveux, parfois comme grisé, vous l'aurez déjà reconnu. Il portait beau son âge. Il se ruinait en cotisations annuelles de clubs et séjours de remise en forme. Il était né dans une lointaine et féroce petite république d'Afrique où il n'aurait jamais remis la semelle d'un mocassin par crainte d'avoir à payer d'obscures additions – il me disait avoir occupé dans son jeune temps le poste de ministre de l'Economie, assertion tellement invraisemblable qu'elle doit être exacte. La chose écrite faisant foi, vous vous en êtes tenus, quant à son rang social, à ses élégantes cartes de visite gravées. Elles arborent l'écusson d'une ambassade (où vous n'avez jamais fait l'économie du pourboire au vestiaire, aucune parade mondaine n'y est organisée), signalée d'une discrète plaque de cuivre, dépourvue de drapeau, sans meubles d'apparat ni même de permanence, située du côté le moins chic du XVIe arrondissement. Il en est l'unique représentant. Le plus clair du budget diplomatique passe en berline de fonction bleu marine, avec chauffeur en livrée du même bleu, un black plus black que lui (il n'est que quarteron), donc de caste inférieure – «mais chez les mossikos, me dit-il un soir, nous nous entraidons tous». J'en déduis que l'homme à la casquette qui lui tient la portière dans votre cour d'honneur n'est sans doute pas payé. Vous ignorez aussi qu'il habite une banlieue très peu favorisée, faute d'avoir les moyens d'une respectable adresse à Paris. Le samedi, il accompagne sa femme à Auchan et pousse le caddie du marché. Jamais vous n'avez vu son épouse à son bras. Il ne la montre pas. Il craint qu'une repartie, redoutable pour son rang, lui échappe. Elle l'aurait persuadé, depuis leurs jeunes années, qu'il était piètre amant, et elle a l'allusion facile sur ce sujet. D'où son amour des femmes, face auxquelles il déploie le charme de ceux qui les adorent, toujours en chasse de conquêtes blanches – c'est quasiment du racisme – mais il ne conclut pas. Sa seule faute de goût, à mes yeux, est de se mettre à hennir (silencieusement) devant ce grand cheval de Boîte Noire et m'avouer qu'il rêve de vandalisme, d'arracher ses atours compliqués pour voir sa carcasse nue et toutes ses perles éparses. Notre amitié fut autre. Je vous l'ai dit, elle remonte à très loin. Dans quelle mesure ai-je compté pour lui, je ne l'apprends qu'aujourd'hui. Ce matin même, il m'a fait parvenir une autre lettre par son chauffeur, dont le teint avait viré au gris. Elle n'est pas datée du 12 ou du 15 Brumaire comme d'habitude, elle ne mentionne aucun jour, elle arrête le temps. Vous me permettrez, comme il me le permet, vous comprendrez pourquoi, de vous la lire. Bien qu'il s'adresse à moi, elle parle de nous tous, de nos petites vies sans originalité, quoi que nous prétendions.

« Très chère amie, j'espère ne pas vous offenser, on ne maîtrise pas ses sentiments comme on renonce au champagne. Je n'ai jamais cessé de penser à vous, depuis cette trattoria, sous les arcades de la rue de Rivoli, où vous chipotiez votre assiette de pâtes pour n'en grignoter que le fromage. Vous aviez vingt-quatre ans. Je ne vous cacherai plus que j'ai paniqué. J'ai toujours eu peur des femmes. J'observai vos rires, vos gestes libres et gais qui paraissaient m'englober dans votre intimité et j'en ai conclu que je n'avais pas la moindre chance auprès de vous. Tout nous séparait. L'instant où vous avez posé votre main sur ma joue, pour me dire au revoir, en vous levant de table, demeure un souvenir que rien n'a effacé. Je me souviens aussi de ce cierge que vous avez couru allumer sous la voûte obscure de l'église Saint-Roch – après que nous ayons arrosé ensemble, à la Tour d'Or, vos quarante ans. "Faites un vœu", disiez-vous en me tendant la petite flamme tremblotante. Je n'ai pas eu le courage de vous dire lequel. A ma décharge, la hantise de ramasser un refus. Rien n'a changé au terme des longues années qui ont suivi. J'ai tenté de me reprendre. Je n'étais pas honnête quand j'évoquais devant vous de brèves rencontres, des aventures d'un soir. Cela vous faisait rire, vous me taquiniez, "alors, vous avez encore joué de la flûte en peau hier?" Votre premier visage a

166

été pour moi celui de la douceur mais un autre visage se substitue au vôtre, désormais, celui de la mort. Devant elle, j'ai d'abord reculé avec obstination au lieu de suivre docilement le chemin qu'elle m'avait tracé. Maintenant la maladie m'oblige à regarder chaque matin ce parcours inachevé sans pouvoir rien en faire. Vous étiez le point que je voulais donner à ma vie – nous voulons tous que notre vie se termine par un point. Au cours de ces dernières semaines, j'ai mimé devant vous la gaieté, l'entrain pour réussir cette bonne farce, votre entrée à l'Académie. Je pensais qu'elle vous ferait sourire jusque dans votre grand âge et ne pas m'oublier. Je me suis dit que, peut-être, votre fantôme joyeux habiterait mes souffrances et m'apporterait la paix. Et puis, peu à peu, je me suis engagé dans la chambre tant redoutée des désillusions, passage obligé pour chacun. Le cancer gagne sur moi tous les jours. Je dois me faire enlever la prostate (comme c'est vulgaire) dans les meilleurs délais. Ne me dites pas que je vais m'en sortir. D'ailleurs, vous ne me direz plus rien. Je n'entends partager la suite avec personne... »

Que pourrais-je ajouter, que vous semblez attendre ? Pas un froissement de plastron sous un profond soupir, pas un seul toussotement. Personne de vous ne bouge. Même la célèbre mouche qui accompagne les silences les plus lourds a suspendu son vol. Vous me désavouez encore davantage pour cette confidence ? On ne parle pas de ces choses-là ? Je pensais que vous auriez salué par une ovation debout, fût-elle muette, ce départ annoncé, celui dont l'un de vous a dit, magnifiquement (pour une fois), qu'il est l'instant de vérité où l'on devient soi-même. Sauf le reflet bleuté par la cataracte de l'autre Ambassadeur, je ne vois plus vos yeux, vous les tenez baissés. Tous, vous laissez tomber vos regards, comme si se révélait à vous la dernière nudité et que la décence veuille que l'on s'en détourne. Ou bien comme si chacun se retrouvait seul, abandonné des autres, lorsque l'un d'entre vous se dérobe à l'appel. On dirait que le noir de la nuit descend sur les lumières, efface vos mines poudrées, l'éclosion des décorations à vos boutonnières et vos beaux habits verts. Une obscurité silencieuse à l'intérieur de laquelle aucun mot n'est possible...

Monsieur l'ex-ministre des Anciens Combattants, vous êtes le premier à relever la tête, votre crâne fin rasé, et vous portez la main à votre pacemaker. Vos grosses lunettes vous gênent, vous les retirez de vos doigts qui les palpent en aveugle pour en essuyer les verres du pan de votre frac. Le grand corps sanguinaire que vous représentez aurait-il donc un cœur ? Car vous pleurez, Monsieur, ça je ne l'attendais plus.

Achevé d'imprimer sur les presses de

BUSSIÈRE

GROUPE CPI

à Saint-Amand-Montrond (Cher)
en septembre 2008
pour le compte des Éditions Grasset,
61, rue des Saints-Pères, 75006 Paris.

Mise en pages : Bussière

Nᵒ d'édition : 15467. — Nᵒ d'impression : 81063-082846/4.
Dépôt légal : septembre 2008.

Imprimé en France